NORDISCHE MYTHOLOGIE

Erzählungen über nordische Mythen, Götter, Göttinnen, Riesen, Rituale und Wikinger-Glauben.

Kory Aumont

INHALTE

EINFÜHRUNG

Vor ihrer Christianisierung hatten die nordischen Völker (auch als Wikinger bekannt) ihr eigenes reiches und lebendiges Glaubenssystem. Der Kern dieser einheimischen Religion ist heute das, was wir als nordische Mythologie bezeichnen. Sie ist voll von Geschichten und Überlieferungen, die uns einen Einblick in das Leben der Wikinger gewähren. Wie die griechische und römische Mythologie dreht sich auch die nordische Mythologie um Götter und Göttinnen mit hochkomplexen, aber faszinierenden Figuren wie Loki, Frigga, Thor und Odin.

Interessant ist, dass die Religion der nordischen Völker nie einen richtigen Namen hatte (z. B. Christen, Muslime, Juden usw.). Diejenigen, die die religiösen Rituale praktizierten und zu ihrem Lieblingsgott oder ihrer Lieblingsgöttin beteten, hielten sich an die Bräuche ihrer Vorfahren. Diejenigen jedoch, die nach der Einführung des Christentums in Skandinavien ihre alten Praktiken beibehielten, wurden als "Heiden" oder Menschen, die auf der Heide oder in der Einöde lebten, bezeichnet, und dieses Klischee wurde Teil des Mittelalters.

Grundsätzlich besteht der Hauptzweck der Religion darin, mit dem Göttlichen in Verbindung zu treten, und die Religion der

Wikinger folgt demselben Weg. Die nordische Religion bot spezifische Wege, die zu ihren Traditionen passten. Einige Aspekte der nordischen Mythologie könnten für uns, die wir heute in der modernen Zeit leben, exzentrisch sein.

Um diese Geschichten zu würdigen, müssen wir aufgeschlossen sein, damit wir die gemeinsame Suche nach einem sinnvollen Leben wirklich verstehen können. Und obwohl es schon Tausende von Jahren her ist, dass die Wikinger-Krieger ihre Invasion begannen, sind wir immer noch von ihren Eroberungen und den göttlichen Wesen inspiriert, die sie anrufen, um sich bei der Erfüllung ihres Schicksals leiten zu lassen.

Wenn wir die nordische Mythologie erforschen, werden wir erkennen, dass diese Menschen in einer verwunschenen Welt lebten und ihre Religion nie darauf abzielte, Erlösung von den Leiden dieser Welt zu suchen, sondern dass sie vielmehr danach strebten, sich mit dem Göttlichen zu verbinden, um ihre Schöpfung bewundern zu können. Die nordische Religion hat das Universum nicht schöngeredet: die Ungerechtigkeit, den Streit oder die Niedertracht der Menschheit, sondern sie hat vielmehr die Bemühungen anerkannt und gelobt, die Welt durch große Taten zu meistern.

KAPITEL EINS

DIE VIKINGER

Wenn man von den Wikingern spricht, denkt man in der Regel an barbarische Krieger, die im Mittelalter die europäischen Küsten heimsuchten. Historisch gesehen stimmt das auch, denn die Nordmänner unternahmen Hunderte von Angriffen, um die reichen Klöster, Burgen und Städte zu plündern und zu überfallen. Doch jenseits dieses brutalen Rufs hatten die Wikinger eine reiche und dynamische Kultur, die bis heute Einfluss auf unsere moderne Welt hat.

Die Wikinger prägten die Heimat des heutigen Dänemarks, Norwegens und Schwedens, lange bevor sie zu Ländern wurden. Diese nordischen Länder waren überwiegend ländlich geprägt und besaßen keine zentralen Siedlungen. Entgegen der landläufigen Meinung, dass alle Wikinger barbarische Krieger waren, waren die meisten Nordmänner Bauern oder Fischer.

Tatsächlich stammt die Etymologie des Wortes Wikinger von dem skandinavischen Wort *vikingr* ab, das grob mit Pirat übersetzt wird. Dieses Wort bezieht sich im Wesentlichen auf Seereisen und wurde von den Skandinaviern hauptsächlich als Verb verwendet. Daher bedeutet *vikingr* "wikingern" oder zur See fahren. Die Funktion des Begriffs ist in etwa die gleiche wie "Kajak fahren" oder "Ski fahren". Nicht bei allen Seereisen ging es darum, Städte zu überfallen, denn der Handel mit Waren war ein wichtiger Bestandteil der Lebensweise der Wikinger.

Interessant ist auch, dass die frühen Berichte, in denen Menschen aus den Nordländern erwähnt werden, nicht als Wikinger bezeichnet wurden. Dieser Begriff tauchte erst im 11. Jahrhundert auf. In den frühen Aufzeichnungen werden sie als Dani (Dänen), Pagani (Heiden) oder Normanni (Nordmänner) bezeichnet.

Im Jahr 793 n. Chr. griff eine Gruppe von Nordmännern das Kloster Lindisfarne an - ein wichtiges religiöses Zentrum im Königreich Northumbria in England. Es war der erste aufgezeichnete Bericht über einen Wikingerüberfall, bei dem die Mönche von den Wikingerkriegern abgeschlachtet wurden, um Schätze, Lebensmittel und Sklaven zu stehlen. Es war der erste einer Reihe von Angriffen, die von den rücksichtslosen Piraten gestartet wurden, die später die frühen englischen Königreiche für die nächsten Jahre angriffen.

Sicherlich erwiesen sich die Wikinger als sehr rücksichtslos, aber das ist nur der Fall, wenn wir ihre Taten aus christlicher Sicht beurteilen. Für die Wikinger, so werden Sie später verstehen, ist das Sterben im Kampf die höchste Form der religiösen Tat, da sie die Möglichkeit haben, Odin in Walhalla zu begegnen.

Es ist wichtig zu verstehen, dass die historischen Aufzeichnungen über die Angriffe der Wikinger von christlichen Chronisten verfasst wurden, die sich durch ihre Überfälle bedroht fühlten. Daher werden sie in diesen Berichten natürlich dämonisiert. Der Abt Alcuin von York zum Beispiel berichtete dramatisch über den Angriff auf Lindisfarne. Seinem Bericht zufolge wurde "die Kirche mit dem Blut der Priester Gottes bespritzt und all ihres Schmucks beraubt ... und den Heiden als Beute überlassen".

Aber die Wikinger haben noch mehr zu bieten als ihre zerstörerischen und gewalttätigen Überfälle. Abgesehen von ihren unverwechselbaren brutalen Angriffen waren sie auch im Handel sehr versiert. Tatsächlich reichten viele nordische Völker bis nach Russland, um mit Waren zu handeln. Mit ihren effizient gefertigten Langschiffen, die den Atlantik überquerten, waren sie auch die Pioniere der Seefahrt und erreichten Nordamerika sogar Hunderte von Jahren vor Christoph Kolumbus.

Zu den Wikingern gehörten auch Künstler, die anspruchsvolle Schmuckstücke, Kunsthandwerk und andere Kunstwerke herstellten. Viele von ihnen waren Dichter, die die Verse und Sagen verfassten, die wir heute noch lesen können.

Landwirtschaft der Wikinger

Die Wikinger sind zwar für ihre wilden Raubzüge und Seereisen bekannt, aber die Männer und Frauen sind auch Experten in der Pflege ihrer Viehbestände und Höfe. Von den Männern wurde nicht erwartet, dass sie jeden Tag in die Schlacht ziehen, daher verbrachten sie die meiste Zeit des Jahres mit der Arbeit auf dem Hof, um sich mit Lebensmitteln und anderen wichtigen Vorräten für den Winter einzudecken.

Während von den Männern erwartet wurde, dass sie den Hof bewirtschafteten, kümmerten sich die Frauen in der Regel um das Haus. Sie schneiderten Kleidung, bereiteten das Essen für die Familie zu und kümmerten sich um die Kinder. In einigen Fällen wurde von den Frauen verlangt, dass sie sich um den gesamten Besitz kümmerten, insbesondere wenn die Männer auf Seefahrt waren. Einige Frauen nahmen auch als Schildmädchen an Raubzügen teil.

Während der Erntezeit wird von allen erwartet, dass sie auf dem Hof mithelfen, auch von Kindern, die leichte Arbeiten verrichten können. Körperlich anstrengende Arbeiten wie das Düngen von Feldern, der Bau von Vorratshäusern oder das Ziehen des Pfluges wurden jedoch Sklaven übertragen, die in der Regel bei Schlachten oder Raubzügen erworben und gefangen genommen wurden. Wer einen Mord oder Diebstahl beging, konnte ebenfalls in die Sklaverei verschleppt werden. Sklaven wurden ihrer Menschenrechte beraubt und mit "Vieh" gleichgesetzt.

Schmiedearbeiten galten als spezialisiertes Handwerk, das oft auf den Höfen ausgeführt wurde und nur bei Bedarf stattfand. Schmiede gab es in einigen Siedlungen, aber sie verlangten im Allgemeinen Waren wie Lebensmittel oder Kleidung als Gegenleistung für ihre Dienste.

Auch wenn die Arbeit auf dem Bauernhof friedlich erscheinen mag, war sie es für die Wikinger nicht. Die Arbeit war gefährlich, und alles erforderte viel Mühe, da einige Arbeiten von Hand ausgeführt wurden. Zu dieser Zeit gab es noch keine fortschrittlichen Werkzeuge, die die Menschen bei ihrer Arbeit auf dem Hof unterstützen konnten. Darüber hinaus hatten die Wikinger mit harten Wintern zu kämpfen. Viele Wikingerfamilien verfügten nur über sehr begrenzte Mittel, um den Winter zu überstehen, wenn die Feldarbeit durch Hungersnöte, Überfälle oder Naturkatastrophen unterbrochen wurde.

Als Haupttransportmittel benutzten die Wikinger Pferde. Für schwerere Lasten wurden aber auch Ochsenwagen und Karren eingesetzt. Bei starkem Schneefall wurden auch Skier und Schlitten verwendet.

Die Gesellschaft der Wikinger

Die Sozialstruktur der Wikinger bestand aus drei Klassen - Grafen, freie Männer und Frauen und Sklaven.

Die Grafen waren die adlige Klasse und standen an der Spitze der sozialen Schichten. Ursprünglich waren sie Häuptlinge oder Kriegsherren, die durch Schlachten und Raubzüge Krieger und Reichtum erworben hatten. Als die skandinavischen Länder zur Monarchie übergingen, wurde der Adel zu Aristokraten, die mit Ländereien ausgestattet wurden.

Unter den Grafen gibt es das freie Volk, das sich aus Kriegern und Bauern zusammensetzt, die auf ihrem eigenen Land arbeiten. Andere freie Männer und Frauen können sich dafür entscheiden, auf anderen Höfen zu arbeiten, um einen Anteil an der Ernte zu erhalten. Auch Händler, Kaufleute oder Soldaten gehörten zum freien Volk. Die Rechte und Privilegien des freien Volkes waren durch das Wikingerrecht geschützt.

Wikingerkrieger waren grundsätzlich freie Männer, die kein eigenes Land oder Vermögen besaßen. Es stand ihnen frei, sich an Raubzügen zu beteiligen, um Reichtümer wie Gold zu erwerben und die Gunst von Kriegsherren zu erlangen, um möglicherweise ein Stück Land zu erhalten.

Der Patriarch einer Wikingerfamilie entschied sich in der Regel dafür, den größten Teil seines Erbes seinen Erstgeborenen zu hinterlassen. Daher waren viele Krieger Männer, die nicht genug Erbe von der Familie erhalten hatten, einschließlich zweit- und drittgeborener Männer usw.

Die Sklaven waren die unterste Klasse in der wikingerzeitlichen Gesellschaft. Kinder von Sklaven werden automatisch als Sklaven betrachtet und in die unglücklichen Umstände hineingeboren.

Freie Menschen wurden jedoch oft zu Sklaven, wenn sie in einer Schlacht gefangen genommen oder in den Bankrott getrieben wurden. Die Grundlage für die Umwandlung in einen Sklaven ist die Vergeltung. Die Wikinger glaubten, dass jeder, der bei einem Überfall gefangen genommen und verschont wurde, das Leben geschenkt bekommen hat, also sollte er oder sie die Freiheit im Gegenzug für das Leben opfern.

Freie Leute konnten zu Sklaven werden, wenn sie ihren ganzen Reichtum verloren. Wer arm war, hatte die Möglichkeit, seine Freiheit an eine reichere Person zu verkaufen, die sich im Gegenzug um seine materiellen Bedürfnisse kümmern würde. Dies war die Praxis bei Wikingern, die hohe Schulden angehäuft hatten und deshalb ihre Freiheit als eine Form der Bezahlung aufgaben.

KAPITEL ZWEI

DIE ERSCHAFFUNG DER WELT NACH DER NORDISCHEN ÜBERLIEFERUNG

Yggdrasil, die riesige Esche, die aus dem Brunnen von Urd wächst, ist ein zentraler Bestandteil der nordischen Kosmologie. Die Äste der Yggdrasil enthalten die Neun Reiche, in denen die verschiedenen Wesen der nordischen Welt wohnen. Die Neun Reiche sind: Asgard (Heimat der Aesir-Götter), Midgard (Heimat der Menschen), Vanaheim (Heimat der Vanir-Götter), Jotunheim (Heimat der Jotuns oder Riesen), Niflheim (Reich des Eises), Muspelheim (Reich des Feuers), Alfheim (Reich der Elfen), Svartalfheim (Reich der Zwerge) und Hel (Unterwelt).

Asgard

Asgard ist das Reich der Aesir-Gottheiten oder der Götter und Göttinnen, die dem Stamm der Aesir angehören. In der nordischen Mythologie befindet sich dieses Reich im göttlichen

Himmel und ist über die Regenbogenbrücke oder den Bifröst mit dem menschlichen Reich (Midgard) verbunden.

Das Suffix -gard ist ein Verweis auf das nordische Konzept des Unterschieds zwischen innangard und uttangard. Innangard bedeutet innerhalb der Mauer, die als geordnet, gesetzestreu und zivilisiert gilt. Uttangard hingegen liegt außerhalb der Mauer und gilt als chaotisch, anarchisch und wild. Asgard gilt als Vorbild für innangard, während die Heimat der Riesen, Jotunheim, das Beispiel für uttangard ist.

Midgard

Midgard ist das Reich der sterblichen Menschen. Hier leben wir. In der nordischen Mythologie ist dies die einzige Welt, die sich innerhalb des sichtbaren Bereichs befindet, da die anderen Reiche im Bereich der Spirtiualität angesiedelt sind. Ihr Name verweist auf ihre Lage, denn sie liegt zwischen dem zivilisierten Asgard und dem wilden Jotunheim. Die Nordmänner glaubten, dass Jormungand (eine Riesenschlange) im Ozean lebte und Midgard umgab.

Vanaheim

Vanaheim ist das Reich der Vanir-Gottheiten oder der Götter und Göttinnen, die zum Stamm der Vanir gehören. Diese Gottheiten haben im Vergleich zu den Aesir-Gottheiten eine stärkere Affinität zur Natur. Anders als Midgard und Asgard endet diese Behausung auf -heim, was bedeutet, dass diese Welt natürlich und weniger zivilisiert ist als Asgard, aber nicht so wild wie Jotunheim.

Jotunheim

Jotunheim ist das Reich der Jotun oder der Riesen. In der nordischen Mythologie sind Riesen nicht unbedingt so groß wie in der modernen Vorstellung. Jotuns sind Wesen, die mächtig sind, aber von den Menschen verachtet werden, im Gegensatz zu den Göttern und Göttinnen, die ebenfalls mächtig sind, aber gepriesen und verehrt werden. In den Eddas wird dieses Reich als eine dunkle, gebirgige Welt beschrieben, in der ein harter, nie endender Winter herrscht.

Niflheim

Niflheim ist die ursprüngliche Welt der Dunkelheit, der Kälte und des Eises. Sie ist nicht unbedingt böse, sondern ein natürliches Reich der Kälte. Es ist die Gegenwelt zu Muspelheim, dem Reich der Hitze und des Feuers. In der nordischen Kosmologie wurde der Riese Ymir geboren, als das Eis von Niflheim und das Feuer von Muspelheim in der Mitte der Riesenkluft (Ginnungagap) oder des Raums, der die beiden gegensätzlichen Reiche trennte, aufeinander trafen.

Muspelheim

Muspelheim ist das Reich der Hitze und des Feuers. Dies ist die Gegenwelt zu Niflheim oder dem Reich des Eises.

Alfheim

Alfheim ist die Heimat der Elfen. Die Elfen in der nordischen Mythologie sind mächtige Individuen, die auch gottähnliche Eigenschaften haben, aber sie werden nicht als Gottheiten verehrt. Sie werden als Wesen des Lichts betrachtet, da sie verwandte Geister sind, die den Menschen helfen können. Es wird angenommen, dass dieses Reich von Freyr, einer Vanir-Göttin, regiert wird.

Svartalfheim

Svartalfheim ist das Reich der Zwerge, die sehr geschickte Schmiede sind. Diese Welt wird als ein unterirdischer Komplex aus Minen und Schmieden beschrieben. Andere Quellen beschreiben Svartalfheim als das Reich der Schwarzelfen oder der Feinde der Elfen von Alfheim.

Hel

Hel ist das Reich der Göttin Hel und bezeichnet im Wesentlichen die Unterwelt, in der sich die Seelen derer befinden, die in ihrem Leben Böses getan haben. Ähnlich wie der Tartarus (Unterwelt in der griechischen Mythologie) soll Hel von einem riesigen Hund bewacht werden.

Neben den Bewohnern der Neun Reiche sollen auch andere Kreaturen in Yggdrasil wohnen. Nach dem Eddischen Gedicht mit dem Titel Das Lied des Kapuzenträgers ist die Riesenesche auch die Heimat eines riesigen Adlers, der in den Ästen des Baumes hockt. An den Wurzeln nagt derweil ein Drache namens Nidhogg. Außerdem gibt es vier Hirsche namens Dain, Dvalin, Duneyr und Dyranthror.

Die nordische Schöpfungsgeschichte

Die Schöpfungsgeschichte der nordischen Mythologie gilt als eine der anschaulichsten der kosmologischen Literatur. Abgesehen von ihrer schönen Handlung bietet die Geschichte auch einen Einblick in die nordische Philosophie. Im Folgenden wird erzählt, wie die Welt nach der nordischen Kosmologie erschaffen wurde:

Am Anfang gab es nur Ginnungagap, einen tiefen Abgrund, der dunkel und kalt ist. Diese gigantische Leere befand sich zwischen Muspelheim (der Welt des Feuers) und Niflheim (der Welt des Eises).

Der Frost aus Niflheim und die wogenden Flammen aus Muspelheim trafen in der Großen Kluft aufeinander, bis das Eis schmolz. Aus den Wassertropfen entstand Ymir oder der erste Riese, der sowohl ein Mann als auch eine Frau war. Er hatte die Fähigkeit, weitere Riesen zu gebären, die sich aus seinem Schweiß erhoben.

Ein weiteres Wesen, das in der Schmelzspalte entstand, war Audhumbla, eine riesige Kuh, die Ymir ernährte. Die mythische Kuh leckte das restliche Eis, bis Buri - der erste Gott der Asen - auftauchte. Sein Sohn Bor heiratete Bestla, die Tochter von Bolthorn, einem anderen Riesen. Ihre Kinder waren Odin, Vili und Ve. Der Erstgeborene, Odin, wurde das Oberhaupt der Äsir-Götter.

Midgard (das Reich der Menschen) wurde erschaffen, als Odin und seine Geschwister Ymir töteten. Der Schädel des Riesen wurde zum Himmel und sein Hirn zu den Wolken. Sein Haar wurde zu den Bäumen, und seine Haut und Muskeln wurden zum Land. Sein Blut wurde zum Meer.

Nach der Erschaffung der neuen Welt erschufen die Götter der Asen den ersten Mann und die erste Frau namens Ask bzw. Embla. Die Götter bauten auch einen Zaun um Midgard, um sie vor den Jotuns oder Riesen zu schützen.

Ein interessanter Aspekt der nordischen Schöpfungsgeschichte ist, dass die Schöpfung durch etwas verursacht wurde. Am Anfang konnten Chaos und Tod Leben verursachen. In der nordischen Kosmologie spielt die Gegenseitigkeit als grundlegendes Konzept des Lebens eine wichtige Rolle. Im Gegensatz zur

Schöpfungsgeschichte der jüdisch-christlichen Religion ist die Welt aus nordischer Sicht nicht aus dem Nichts entstanden.

Odin und seine Geschwister mussten Ymir töten, damit sie Midgard erschaffen konnten. Man kann davon ausgehen, dass die Wikinger von der Vorstellung inspiriert waren, dass das Chaos notwendig ist, damit das Leben weitergehen kann.

Außerdem wird die Schöpfungsgeschichte der Nordmänner als Zyklus gesehen und folgt nicht einer linearen Abfolge von Ereignissen. In der christlichen Sichtweise der Schöpfung wurde die Welt in der Vergangenheit erschaffen und nur durch den Willen eines höchsten Wesens vollendet, das die Macht über die Schöpfung und auch die Zerstörung hat. Mehr über die nordische Sichtweise der Schöpfung als Zyklus erfahren wir, wenn wir uns mit Ragnarök beschäftigen.

Das Leben nach dem Tod

In der nordischen Religion gibt es keine feste Lehre über das Leben nach dem Tod. Es gibt keine klaren Vorstellungen in der nordischen Mythologie darüber, wohin die Menschen nach ihrem Tod übergehen. Anhand literarischer und archäologischer Quellen lassen sich jedoch Muster erkennen, wie die Nordmänner das Leben nach dem Tod wahrnehmen.

In verschiedenen literarischen Werken wird beispielsweise Walhalla (die Halle der Gefallenen) als ein Ort erwähnt, an den gefallene Soldaten gehen, wenn sie durch heldenhafte Taten in einer Schlacht oder im Krieg sterben. Walhalla ist die große Halle von Odin, der die Krieger auswählt, die mit ihm feiern und ihm in der großen Schlacht von Ragnarök helfen sollen.

Diejenigen, die keine Heldentaten vollbracht, aber ein moralisches Leben geführt haben, werden nach Folkyang oder auf das Feld des Volkes gebracht. Dies ist die große Halle der Göttin Freya. Doch im Gegensatz zu Walhalla wird Folkyang in den literarischen Quellen kaum erwähnt. Einige Quellen besagen, dass die auf dem Meer Verstorbenen in das Reich von Ran, einer Riesin, unter Wasser gebracht werden.

Helgafjell oder der Heilige Berg ist ein weiterer Ort für Menschen, die nicht im Kampf gefallen sind, sondern ein tugendhaftes Leben geführt haben. Menschen, die ohne Ehre gestorben sind, werden dagegen nach Helheim gebracht, einem kalten und dunklen Reich, das von der Göttin Hel regiert wird.

Interessant ist, dass für die Norweger das Sterben im Bett aufgrund von Alter oder Krankheit als die schlimmste Art zu sterben gilt. Deshalb waren selbst die Älteren bereit, an den Scharmützeln teilzunehmen, um zu kämpfen und ehrenvoll zu sterben und Odin in Walhalla zu begleiten.

Walhalla

Walhalla ist die große Halle von Odin, dem Oberhaupt der Götter der Asen. In dieser Halle beherbergt er die Seelen der Krieger, die er für würdig erachtet, mit ihm zu feiern und sich auf die Ankunft des Ragnarök vorzubereiten. Den literarischen Quellen zufolge befindet sich diese große Halle in der Mitte Asgards, der Heimat der Götter der Asen.

Im Lied des Kapuzenträgers wird Walhalla als ein prächtiger Ort beschrieben. Seine Dachsparren sind aus Speeren und das Dach aus Schilden gefertigt. Es gibt Hunderte von Tischen und Stühlen aus Brustpanzern, an denen heldenhafte Krieger mit den Göttern speisen. Wölfe bewachen die Tore und Adler fliegen über der Halle.

Die Bewohner von Walhalla werden die einherjar genannt, die den ganzen Tag gegeneinander kämpfen, um Odin zu unterhalten. Obwohl sie bereits tot sind, werden sie dennoch verwundet und bluten während der täglichen Kämpfe. Doch jede Nacht versorgen die Walküren ihre Wunden und stellen ihre volle Gesundheit wieder her, damit sie am nächtlichen Festmahl mit Met und Speisen teilnehmen können.

Die Walküren servieren den einherjar das Fleisch eines magischen Ebers namens Saehrimnir. Dieses Wildschwein wird jede Nacht geschlachtet, erhebt sich aber jeden Tag wieder. Die Krieger trinken auch den wunderbaren Met aus dem Euter einer magischen Ziege namens Heidrun.

Während Walhalla als Ruhestätte für heldenhafte Krieger gilt, warten die einherjar noch immer auf ihren Untergang. Wenn Ragnarök kommt, muss Odin gegen Fenrir, den Wolf, antreten. In dieser Endzeit wird der Hauptgott die mächtigen Krieger zu seiner Hilfe aufrufen, obwohl sie bereits dazu bestimmt sind, besiegt zu werden.

Odin wählt die mächtigen Krieger mit Hilfe der Walküren aus. Diejenigen, die nicht als würdig erachtet werden, aber im Kampf gefallen sind, werden nach Folkyang oder in Freyas Halle geschickt. Es gibt keine ausreichende Quelle, die genau beschreibt, wie man würdig wird, Walhalla zu betreten.

Daher sind die Voraussetzungen für die Erlangung dieser Belohnung nicht eindeutig. Gelehrte glauben auch, dass das Leben nach dem Tod in der nordischen Mythologie als eine Fortsetzung des Lebens in Midgard angesehen wird und dass die nordische Religion die Menschen nicht nach ihren Tugenden beurteilt, im Gegensatz zum christlichen Konzept von Himmel und Hölle.

Im 13. Jahrhundert füllte der irische Gelehrte Snorri Sturluson die Lücken in der nordischen Geschichte. Dies geschah Jahrhunderte, nachdem das Christentum in Skandinavien bereits weit verbreitet war. Snorri ist ein katholischer Gelehrter, so dass diese Bildersprache vom jüdisch-christlichen Konzept des Lebens nach dem Tod inspiriert sein könnte. Snorri schrieb, dass diejenigen, die im Kampf gefallen sind, nach Walhalla kommen, während diejenigen, die an Altersschwäche gestorben sind, nach Hel gebracht werden.

Die Walküren

Die Walküren werden als elegante Jungfrauen dargestellt, die Odin helfen, Krieger für Walhalla auszuwählen. Es gibt literarische Quellen, die die Walküren als finstere Jungfrauen darstellen, die sogar den Ausgang von Schlachten beeinflussen, um Seelen zu sammeln. Sie wurden nicht als objektive Beobachter auf dem Schlachtfeld dargestellt, da sie entscheiden können, wer in der Schlacht stirbt, und sogar dunkle Magie einsetzen, um diejenigen zu markieren, die sie zu Fall bringen wollen.

In den meisten Quellen werden sie jedoch als schöne Jungfrauen dargestellt, die sogar romantische Beziehungen zu sterblichen Männern eingehen. Sie werden auch als edle Helferinnen Odins dargestellt, die die wichtige Aufgabe haben, Krieger zu sammeln und ihnen in Walhalla zu dienen.

In einer Erzählung heißt es, dass Odin den Walküren erlaubt, sich in schöne weiße Schwäne zu verwandeln, um Midgard zu besuchen. Wenn jedoch ein Sterblicher sieht, wie sich eine Walküre in einen Schwan verwandelt, kann die spirituelle Jungfrau nicht mehr nach Walhalla zurückkehren.

In den eddischen Gedichten gibt es Berichte darüber, wie die Walküren entscheiden, wer in der Schlacht überlebt. In Njals Saga zum Beispiel wurden 12 Walküren vor Beginn der Schlacht von Clontarf gesehen. Sie sollen an einem Webstuhl gesessen und das tragische Schicksal der zum Tode verurteilten Krieger gewebt haben.

Die Darstellung war recht düster, da die Walküren enthauptete Köpfe als Webstuhlgewichte, Schwerter und Pfeile als Schläger und Eingeweide zum Weben des Webstuhls verwendeten. In der Volsungasaga heißt es, der Anblick einer Walküre sei wie das "Starren in eine Flamme".

Das Konzept der Walküren ist in den germanischen Überlieferungen weit verbreitet. Die Angelsachsen zum Beispiel haben ihre eigene Version der Walküren, die als *wælcyrie* bekannt sind und weibliche Geister des Gemetzels sind. Auch die Kelten hatten ähnliche Gestalten wie die Kriegsgötter.

KAPITEL DREI

NORDISCHE GÖTTER UND GÖTTINNEN

Die nordischen Gottheiten gehören in der Regel einem der beiden Götterstämme an - den Asen und den Vanen.

Aesirische Götter und Göttinnen

Viele der nordischen Götter und Göttinnen, die wir kennen, sind Mitglieder des Stammes der Aesir. Dazu gehören Odin, Thor, Loki, Frigg, Tyr, Heimdall und Baldur. Asgard ist ihre Heimat, die sich auf dem höchsten Zweig von Yggdrasil befindet.

Odin

Odin (in einigen literarischen Quellen auch als Woden oder Wotan bekannt) ist das Oberhaupt der äsirischen Gottheiten. Er kann jedoch sowohl als Äsir als auch als Vanir identifiziert werden. Seine Mutter, Bestla, ist in Wirklichkeit eine Riesin, so dass er auch von Riesenblut ist. Eine Edda beschreibt ihn als den Lebensbringer.

Der Wolf und der Rabe sind für Odin heilig. Er hat auch ein magisches Pferd, das als Sleipnir bekannt ist. Dieses mythische Pferd wird als achtbeinig beschrieben und seine Zähne sind mit Runen beschriftet.

Der Allvater wird als alter Mann mit grauem, wallendem Bart dargestellt. Er hat nur ein Auge, da er sein anderes Auge im Tausch gegen Weisheit eintauschte. Er soll einen Speer tragen und einen Mantel und einen breitkrempigen Hut tragen.

Obwohl er der Herrscher von Asgard ist, verbringt er die meiste Zeit fernab des majestätischen Reiches, um allein in Midgard umherzuziehen und nach Weisheit zu suchen. Er ist auch ein rätselhafter Gott, denn obwohl er als Schutzpatron der Herrscher verehrt wird, ist er auch der Gott der Ausgestoßenen. Odin ist ein grimmiger Kriegsgott und zugleich der Gott der Poesie.

Thor

Thor ist der nordische Donnergott, der von den Wikingern wegen seiner Ehre, Loyalität und Stärke verehrt wird. Er ist bekannt als der stärkste Verteidiger Asgards und seiner göttlichen Bewohner gegen die Jotunen.

Als Donnergott ist Thor mit unübertroffener körperlicher Kraft gesegnet, die er verdoppeln kann, wenn er einen magischen Gürtel trägt, der als *megingjarðar* bekannt ist. Am bekanntesten ist er jedoch für seinen magischen Hammer, der als *Mjöllnir* bekannt ist. Thor verkörpert den Donner, während sein Hammer den Blitz verkörpert. Sein Erzfeind ist

Jormungand - eine Riesenschlange, die in Midgard eingefallen ist.

Thor ist zwar der Verteidiger gegen die Riesen, hat aber selbst Riesenblut. Odin, sein Vater, ist ein halber Riese, während Jord, seine Mutter, vollständig von den Riesen abstammt. Aber diese Abstammung ist unter den nordischen Göttern nicht ungewöhnlich.

Tyr

Tyr ist der alte Kriegsgott und gilt als der Gesetzgeber unter den Asgardianern. Als mutigster Gott des nordischen Pantheons war es Tyr, der Fenrir dort fesselte, wodurch er seine rechte Hand verlor. Die Götter waren besorgt, dass der Wolfswelpe Fenrir zu schnell wuchs, und so beschlossen sie, den Wolfswelpen in Fesseln zu legen.

Als Fenrir die Kette sah, mit der er gefesselt werden sollte, wurde er misstrauisch und erklärte, dass er nur gefesselt werden würde, wenn einer der Götter ihm als Zeichen des guten Willens einen Arm in den Mund legen würde. Als der mutigste Gott willigte nur Tyr ein, dies zu tun. Als Fenrir gefesselt war und sich nicht von den Ketten befreien konnte, biss er dem Kriegsgott den Arm ab.

Vor Odin galt Tyr als das Oberhaupt der Äsir-Götter. Der Grund für seine Degradierung ist unbekannt.

Ähnlich wie Odin weist Tyr viele Züge der frühen germanischen Kriegsgötter auf. Erwähnungen in anderen Mythologien und archäologische Funde im Zusammenhang mit einer einhändigen Gottheit deuten darauf hin, dass die Figur recht alt ist und in Nordeuropa bereits mehrere tausend

Jahre vor der Erwähnung des Gottes durch Snorri Sturluson in der Prose Edda verehrt wurde.

Loki

Loki ist in der nordischen Mythologie als der Gott der Betrüger bekannt. Aber eigentlich ist Loki kein Gott, sondern ein Jotun oder ein Riese. Obwohl er nicht gut ist, ist er auch nicht böse. Loki lebt in Asgard und stammt ursprünglich aus Jotunheim oder dem Reich der Riesen. Er ist der Sohn von Laufey und Farbauti, die beide Riesen sind. Die Götter und Göttinnen der Asen auszutricksen und zu ärgern, ist Lokis Lieblingsbeschäftigung und er hält sich selbst für einen ziemlichen Trickser.

Die Wikinger nennen Loki den Schlitzohrigen, weil er gerissen und clever ist. Er ist kreativ, wenn es darum geht, neue Ideen zu entwickeln, um sowohl die Götter als auch die Sterblichen auszutricksen und in Verlegenheit zu bringen. Loki liebt es, den Menschen aus Spaß einen Streich zu spielen, rettet sie aber später, damit er als Held dasteht.

Eine seiner Hauptfähigkeiten ist die Verwandlung in jede beliebige Form. In literarischen Quellen wurde erwähnt, dass er sich in eine ältere Frau, eine Fliege, eine Robbe, ein Pferd und einen Lachs verwandeln kann.

Loki und Sigyn haben zwei Kinder - Vali und Narvi. Loki war aber auch mit der Riesin Angrboda verheiratet, die ihm drei Kinder schenkte - Jormungand (den Erzfeind von Thor), Fenrir den Wolf und Hel, die Göttin der Unterwelt. Loki gilt auch als Mutter, da er Sleipnir, das magische Pferd von Odin, zur Welt brachte.

Frigg

Frigg, auch bekannt als Frigga, ist die am meisten verehrte Göttin der nordischen Mythologie. Sie ist die Ehefrau von Odin und darf als solche auf dem Hlidskjalf oder Hochsitz des Allvaters sitzen, um das Universum zu überblicken. Sie ist die Mutter des geliebten Gottes Baldur und des blinden Gottes Hod. Sie ist auch die Stiefmutter von Vali, Vidar, Bragi, Tyr, Hermod, Hoder, Heimdall und Thor.

Frigg wird als eine Volva beschrieben, die Seidr praktiziert, eine Art nordischer Magie, die mit der Erkennung des Schicksals zu tun hat. Sie gilt als die Göttin der Mutterschaft, der Fruchtbarkeit, der Ehe und der Liebe.

Nach der nordischen Überlieferung hat Frigg drei geliebte Jungfrauen, aber ihre liebste ist Fulla, der sie ihre Geheimnisse anvertraut. Fulla wird als liebliche Jungfrau dargestellt, die ein goldenes Snood trägt, das sie von Frigga geschenkt bekommen hat.

Eine andere Maid wird Gna oder die Botenmagd genannt. Ihre Aufgabe ist es, für Frigga in den Neun Reichen Botengänge zu machen. Wenn sie eine dringende Nachricht überbringen muss, reitet sie auf Hofvarpnir, einem weiteren magischen Pferd, das durch den Ozean galoppieren kann. Das dritte Mädchen heißt Hlin und hat die Aufgabe, Personen oder Gegenstände zu beschützen, die für Frigg von besonderer Bedeutung sind.

Baldur

Baldur, auch bekannt als Balder oder Baldr, ist in der nordischen Mythologie als Gott des Lichts bekannt. Er wird sowohl von den Göttern der Asen als auch der Vanen geliebt und wegen seiner Reinheit verehrt. Er ist der schönste Gott, vor dem sich sogar die Blumen verneigen. Unter den Göttern ist er der gnädigste, schönste und weiseste.

Balder ist der zweite Sohn von Frigg und Odin. Er ist der Bruder von Thor und der Ehemann der Göttin Nanna. Gemeinsam gebaren sie den Gott Forseti. Breidablik ist die Halle von Baldur, die als das hellste Haus in Asgard bekannt ist. Es wird gesagt, dass nur die reinsten Wesen Baldurs Halle betreten können.

In den Eddischen Gedichten wird das Dach von Baldurs Halle als aus Silber gefertigt und von prächtigen Säulen ausgehend beschrieben. Baldur besitzt ein Schiff namens Hringhorn, das als das schönste Schiff Asgards bezeichnet wurde. Bei seinem Tod wurde das Schiff als Scheiterhaufen benutzt.

Baldurs Tod gehört zu den beliebtesten Geschichten der nordischen Mythologie, die du später in diesem Buch lesen wirst.

Heimdall

Heimdall ist ein weiterer Asengott, der in Asgard lebt. Er hat jedoch eine besondere Behausung, die als Himinbjoirg bekannt ist und sich auf dem höchsten Punkt Asgards, dem Bifrost, befinden soll. Er ist der Wächter Asgards und bewaffnet mit dem Gjallarhorn oder dem schreienden Horn, das von dem Gott geblasen wird, wenn sich Eindringlinge Asgard nähern. Der Klang dieses großen Horns soll in allen neun Reichen zu hören sein.

Idun

Idun ist eine Göttin der Asen, aber es gibt nur wenige Informationen über sie. Die einzige Quelle, in der sie prominent erwähnt wird, ist die Geschichte über ihre Entführung. In der skaddischen Erzählung wird Idun als Besitzerin und Spenderin eines Apfelbaums erwähnt, der Unsterblichkeit verleiht. Als solche spielt sie eine wichtige Rolle bei der Aufrechterhaltung der Unsterblichkeit der Asgardianer. Der Ehemann von Idun ist Bragi, der Minnesänger und Hofdichter von Asgard.

Bragi

Bragi gilt als Gott der Poesie und des Gesangs, der die Bewohner von Asgard, insbesondere Odin und seine Krieger in Walhalla, unterhält. Es gibt jedoch einige Quellen, die den Status von Bragi als Gott anzweifeln, da er wegen seines Talents, Gedichte zu rezitieren, als ein besonderes Wesen unter den Unsterblichen gilt.

Vili und Ve

Vili und Ve sind die beiden Brüder Odins, die eine entscheidende Rolle bei der Entstehung der Neun Reiche spielten. In den Eddischen Gedichten heißt es, dass die drei Brüder die ursprünglichen Götter der Asen waren, die den Riesen Ymir erschlugen und die Erschaffung von Midgard bewirkten. Andere Gelehrte glauben jedoch, dass Vili, Ve und Odin in Wirklichkeit nur ein Gott in drei Formen sind, da diese Namen in vielen literarischen Quellen austauschbar verwendet wurden.

Forseti

Bei den Wikingern gilt Forseti als der göttliche Gesetzessprecher oder der Gott der Gerechtigkeit. Er ist der Sohn der Göttin Nanna und des Gottes Baldur. Er wohnt in der glänzenden Halle von Glitnir, deren Dach mit dekorativem Silber verziert ist und deren Säulen aus rotem Gold bestehen. Diese Halle dient ihm als Gerichtshof, in dem er Rechtsstreitigkeiten in Asgard schlichtet. Obwohl Forseti zu den wichtigsten Göttern der nordischen Mythologie gehört, wird er in den überlieferten literarischen Quellen nicht nennenswert erwähnt.

Gevjun

Gevjun gilt als Göttin des Wohlstands, des Überflusses, der Fruchtbarkeit und der Landwirtschaft. Ihr Name kann mit "die Großzügige" oder "die Geberin" übersetzt werden. Nach den Erzählungen von Snorri Sturluson besuchte die Göttin das heutige Schweden als obdachlose Frau. Sie begegnete König Gylfi, der für seine Großzügigkeit bekannt war. Der König versprach ihr, ihr so viel Land zu geben, wie vier Ochsen an einem Tag pflügen können, und so rief die Gottheit ihre vier Söhne und verwandelte sie in Ochsen, die das Land pflügen sollten.

Die göttlichen Söhne pflügten das Land nicht nur, sie zogen es auch aus Schweden heraus, wodurch eine Senke entstand, aus der der Malaren-See wurde. Das Land dehnte sich in den Ozean aus und wurde zur Insel Seeland, auf der sich heute Kopenhagen befindet.

Sif

Sif ist bekannt als die Frau des Donnergottes Thor. Während ihr Ehemann populärer ist, war Sif im vorchristlichen Europa eine verehrte Göttin, da sie als Göttin der Familie, der Fruchtbarkeit und des Weizens verehrt wurde. Die beiden wichtigsten literarischen Quellen, die Sif beschreiben, sind die Prosa-Edda und die Poetische Edda. Sie wird als eine schöne Frau mit goldenem Haar dargestellt.

Thor war ihr zweiter Ehemann, da sie zuerst mit Orvandil, einem Riesen, verheiratet war. Sie wird gewöhnlich mit anderen Fruchtbarkeitsgöttinnen wie Frigg und Freya verglichen. In den Eddas heißt es, dass Thor sehr in die Göttin verliebt war, insbesondere in ihr schönes Haar. Es leuchtete wie die Sonne und floss makellos über ihren Rücken.

Ullr

Ullr ist der Sohn von Sif, der Göttin der Fruchtbarkeit und des Getreides, und der Stiefsohn von Thor, dem Donnergott. Der Riese Orvandil war zwar der erste Ehemann von Sif, doch gibt es keine literarischen oder archäologischen Belege, die den Riesen als Ullrs Vater erwähnen.

Nordische Gelehrte stellen fest, dass es sich bei diesem nordischen Gott um einen weiteren Kriegsgott handelt, der sich gut auf die Jagd, das Bogenschießen und das Skifahren versteht. In der Poetischen Edda wird auch erwähnt, dass seine Heimat als Ydalir of Eibenwälder bekannt ist. Bei der Herstellung von Bögen ist Eibe das bevorzugte Holz, was möglicherweise diese Assoziation erklärt.

Hermod

Hermod ist ein weiterer Kriegsgott in der nordischen Mythologie, wenn auch nicht so prominent wie Odin, Thor oder Tyr. Er ist der Sohn von Odin und Frigg, und obwohl er als Nebengott betrachtet wird, ist er aufgrund der Rolle, die er in der Geschichte von Baldurs Tod spielte, dennoch sehr beliebt. Als der Gott des Lichts durch den Unfug von Loki getötet wurde, war er der einzige Gott in Asgard, der mutig genug war, in die Unterwelt zu reisen und Hel zu ermutigen, Baldur freizulassen.

Sigyn

Sigyn ist eine Asengöttin und die Frau von Loki, dem Gott der Betrüger. Ihre Söhne sind Vali und Narfi. Als Loki den Bewohnern Asgards einmal zu viel Unheil zufügte, bestrafte Odin ihn, indem er ihn in eine Höhle sperrte und fesselte, wobei eine giftige Schlange über seinem Kopf baumelte. Wegen ihrer Liebe zu Loki opferte Sigyn ihre Freiheit und beschloss, bei ihrem Mann zu bleiben. Sigyn musste eine Schale über Lokis Kopf halten, um das Gift aufzufangen und Loki von seinen Schmerzen zu befreien.

Wenn die Schale voll war, musste Sigyn die Höhle verlassen, um das Gift wegzuwerfen, so dass einige der Gifttropfen weiterhin auf Lokis Kopf fielen und ihm enorme Schmerzen bereiteten. Sein Schmerz würde in Form von Erdbeben in Midgard, dem Reich der Menschen, erbeben. Loki wird bis zum Ragnarök gefangen bleiben und sich an Odin rächen wollen.

Götter und Göttinnen von Vanir

Die Vanir beherrschen Magie und Zauberei und sind besonders begabt in der Vorhersage der Zukunft.

Freya

Freya gilt in der nordischen Mythologie als die Göttin der Liebe, des Sex und der Schönheit. Sie wird aber auch mit Fruchtbarkeit, Zauberei, Reichtum, Krieg und Tod in Verbindung gebracht. Die Vanir-Göttin wird auch mit Lust in Verbindung gebracht. In den Eddas beschuldigt Loki Freya, eine Affäre mit allen Göttern und Elfen, einschließlich ihres Bruders, zu haben.

Der Name Freya bedeutet auf Altnordisch Dame und wird auch als Freiya, Freja, Froya oder Frua geschrieben. Obwohl sie eine Vanir-Göttin ist, lebt sie unter den Aesir-Gottheiten, nachdem sie von den Vanir-Gottheiten als Zeichen des Waffenstillstands gesandt wurde. Die Asen schickten auch zwei Gottheiten, Mimir und Honir, zu den Vanir. So wurde Freya nach dem Ende des Krieges zwischen den Vaniren und den Asen zu einer ehrenwerten Gottheit in Asgard.

Freyr

Freyr ist der Zwillingsbruder von Freya, der in den Eddas als prächtige Gottheit dargestellt und mit guter Ernte, Reichtum und Wohlstand in Verbindung gebracht wurde. Als der Krieg zwischen den Asen und den Vanen endete, wurde Freyr mit seiner Schwester Freya und seinem Vater Njord als Zeichen des Friedens nach Asgard geschickt. Freyr ist auch der Herr der Elben und regiert in Alfheim, dem Reich der Elben. Seine Frau ist die Riesin Gerd aus Jotunheim.

Njord

Njord ist ein Vanir-Gott, der mit Reichtum, Binnengewässern, Küsten, Seefahrern und Wind in Verbindung gebracht wird. Zusammen mit seinen Kindern Freyr und Freya schickten ihn die Vanir zum Götterstamm der Aesir als Zeichen des Waffenstillstands. Er lebt in einem Haus in der Nähe einer Küste in Asgard, das Noatun oder Schiffshafen genannt wird.

Obwohl Njord mit der Riesin Skadi verheiratet ist, schlief er mit seiner Schwester Nerthus, und gemeinsam hatten sie zwei Kinder - Freya und Freyr. Njord wird oft fälschlicherweise für den Gott des Meeres gehalten, was nicht ganz richtig ist, da die nordischen Völker Aegir als Meeresgott verehrten.

Nerthus

Nerthus ist eine beliebte germanische Gottheit, die mit Fruchtbarkeit in Verbindung gebracht wird. Diese Göttin wird von Tacitus, einem römischen Historiker aus dem 1. Jahrhundert n. Chr., in seinem Werk Germania beschrieben. In seinem ethnografischen Werk erwähnt Tacitus den Zusammenschluss der Suebenstämme, die die Göttin Nerthus verehrten, indem sie einen heiligen Hain und einen heiligen Wagen unterhielten, der mit einem Tuch bespannt war, das nur von Priestern berührt werden durfte.

Es heißt, dass die Göttin in dem Wagen wohnt, der von den Färsen gezogen wird. Der heilige Wagen wird in den Städten vorgeführt, wo die Menschen die Gruppe mit Frieden und Feierlichkeiten empfangen. Alle Waffen werden weggeschlossen, damit es keine Konflikte gibt.

Der Höhepunkt dieses friedlichen Festes ist jedoch grauenhaft: Der Wagen und das Tuch werden von den Sklaven in einem abgelegenen See gewaschen. Die Sklaven werden dann von den Priestern durch Ertränken geopfert.

Jotuns (Riesen)

Während die alten nordischen Völker vor allem die Aesir- und Vanir-Götter und -Göttinnen verehrten, glaubten sie auch an die Existenz von Riesen, die ebenso mächtig wie die Götter sind. Der Charakter der Riesen unterscheidet sich jedoch deutlich von dem der Götter, und sie werden als gegensätzliche, aber miteinander verflochtene Kräfte angesehen, die die Kosmologie im Gleichgewicht halten.

Obwohl diese Wesen als Riesen bezeichnet werden, sind sie nicht notwendigerweise von enormer Größe, wie wir sie uns normalerweise vorstellen, wenn wir den Begriff hören. Tatsächlich ist der Name Riese in Bezug auf die Wesen, die in Jotunheim leben, eine irreführende Bezeichnung. Im modernen Englisch ist ein Riese ein Wesen, das von enormer Größe ist. In der Wikingerzeit wird das Wort Riese jedoch für ein Wesen verwendet, das mächtig, aber gefürchtet ist, im Gegensatz zu den Göttern, die mächtig sind, aber verehrt werden.

Im Altnordischen werden die Riesen jotnar oder jotun genannt. Als England 1066 n. Chr. von Wilhelm dem Eroberer erobert wurde, wurde die englische Sprache mit normannischen (französischen) Begriffen gefüllt. Einer der Begriffe, die damals verwendet wurden, war das altfranzösische geant, von dem der moderne englische Begriff giant stammt. Dieser Begriff ersetzte das altenglische Wort jotun.

Geant wurde verwendet, um auf die Riesen im griechischen Mythos zu verweisen, die ebenfalls Feinde der Götter waren, ähnlich wie die Jotun im Nordischen. Der griechische Ursprung von geant wurde auch verwendet, um einen hebräischen Begriff zu übersetzen, der sich auf Wesen von enormer physischer Größe bezieht. Und so wurde dies die vorherrschende Bedeutung des Wortes.

Nachfolgend sind die bekannten Riesen in der nordischen Mythologie aufgeführt.

Ymir

Ymir ist ein Riese, der in der nordischen Kosmologie eine wichtige Rolle spielte. Nach der Erzählung des mittelalterlichen Gelehrten Snorri Sturluson wurde der Riese Ymir geboren, als sich das Eis von Niflheim und das Feuer von Muspelheim im Abgrund von Ginnungagap trafen.

Das zweite Wesen, das an der Schmelzstelle entstand, war Audhumbla oder eine Kuh, die Ymir ernährte. Audhumbla leckte das Eis, bis der erste Gott der Asen, Buri, auftauchte. Bor, der Sohn von Buri, heiratete Bestla, die Tochter von Bolthorn, dem Riesen. Das Paar hatte Kinder namens Odin, Vili und Ve. Odin wurde das Oberhaupt des Götterstamms der Asen.

Die Welt wurde erschaffen, als Odin und seine Geschwister Ymir erschlugen. Aus seinem Schädel wurde der Himmel, aus seinem Gehirn die Wolken, aus seinem Haar die Bäume und Pflanzen, aus seinen Muskeln und seiner Haut das Land und aus seinem Blut der Ozean. Die Götter schufen daraufhin den ersten Mann und die erste Frau namens Ask und Embla, die einen Zaun um ihre Heimat Midgard errichtet haben, um sie vor dem Reich der Riesen zu schützen.

Skadi

Skadi, auch bekannt als Skathi, Skadhi oder Skade, ist eine Frostriesenfrau und wird oft mit dem Winter in Verbindung gebracht. Ihr Ehemann ist der Vanir-Gott Njord. Als die Götter der Asen ihren Vater, Thiazi, töteten, griff sie Asgard an, um sich zu rächen. Um weitere Konflikte zu vermeiden, schlugen die Götter eine Ehe mit einem der Götter vor. Skadi konnte sich jeden Gott aussuchen, der ihr gefiel, aber sie konnte nur nach dem Aussehen der Füße wählen.

Sie wählte das schönste Paar Füße, weil sie dachte, es seien die Füße des schönen Gottes Baldur. Es stellte sich jedoch heraus, dass die Füße zu Njord gehörten, einem weniger gut aussehenden und älteren Vanir-Gott des Windes.

Skadi wird oft als Winterjägerin dargestellt, die Skier oder Schneeschuhe trägt. Sie ist auch eine Zauberin, aber sie ist keine böse Göttin.

Fenrir

Fenrir ist kein reinrassiger Riese. Er ist der Sohn des Gottes Loki und Angrboda, die eine Riesin war. Somit ist er der Bruder der Göttin Hel und der Schlange Jormungand - dem Erzfeind von Thor. Obwohl er kein reinblütiger Riese ist, gilt er als der prominenteste Riese, weil er als der Untergang der Götter angesehen wird, der in den Neun Reichen Verwüstung anrichten wird, wenn Ragnarök kommt.

Hel

Obwohl technisch gesehen eine Göttin, wird Hel als eine Riesin identifiziert, die über die Unterwelt herrscht, die auch Hel genannt wird. Ihr Vater ist der Betrügergott Loki und die

Riesin Angrboda ist ihre Mutter. So ist sie die Schwester der Weltenschlange Jormungand und des Wolfes Fenrir.

Die Göttin der Unterwelt wird oft als gleichgültig, grausam, hart und gierig dargestellt. In der überlieferten nordischen Literatur gibt es jedoch keine ausführliche Beschreibung der Göttin, und in den wichtigsten Geschichten wird sie nur passiv erwähnt. Sie wird als halb weiß und halb schwarz beschrieben, mit einem grimmigen und finsteren Gesichtsausdruck.

Hel spielte eine wichtige Rolle in der Legende vom Tod Baldurs. Nach dem Tod des Gottes des Lichts befahlen die angeschlagenen Asgardianer dem Gott Hermod, schnell in die Unterwelt zu reisen, um die Göttin Hel zu fragen, ob es eine Möglichkeit gäbe, den Gott des Lichts wiederzubeleben. Als Hermod bei Hel ankam, fand er Baldur, nun grimmig und bleich, auf dem Ehrenplatz neben der Göttin der Unterwelt sitzend.

Hermod bat die Göttin, Baldur loszulassen, und nach langem Zureden willigte die Göttin ein, Baldur zurückzuholen, wenn alles auf der Welt um Baldur weinen würde, um die göttliche Behauptung zu beweisen, dass der Gott von allen geliebt wird.

Baldurs Mutter, die Göttin Frigg, reiste schnell um die Welt, um alles zu bitten, um den strahlendsten Gott zu weinen, und tatsächlich weinte alles, bis auf die Riesin namens Pokk, die für Loki selbst gehalten wurde. Und so bleibt Baldur in Hel, bis der Tag des Ragnarök kommt.

Jormungand

Jormungand ist bekannt als die Midgardschlange oder ein Drache, der das Reich der sterblichen Menschen umgibt. Er ist ein riesiges Wesen und eines der drei Kinder der Riesin

Angrboda und des Betrügergottes Loki. Seine Geschwister sind Hel und Fenrir.

Sein Erzfeind ist Thor, der Gott des Donners. Die Eddas sind voll von Geschichten über die Kämpfe zwischen Jormungand und Thor. In einer Geschichte fängt Thor die Riesenschlange, schafft es aber nicht, sie hochzuziehen, weil Hymir (ein Riese) befürchtet, dass sie Ragnarök auslösen wird. Er kappt die Leine und schickt die Schlange zurück in den Ozean. Es ist vorherbestimmt, dass sich die beiden Feinde bei Ragnarök in einem epischen Duell gegenseitig töten werden.

Der Krieg zwischen Asen und Vanen

In der nordischen Mythologie haben die Götter der Asen und der Vanen eine harmonische Beziehung zueinander. Die Jotun oder die Verschlinger waren ihr gemeinsamer Feind. Den literarischen Quellen zufolge befanden sich die beiden göttlichen Stämme jedoch einst im Krieg.

Freya, eine Vanir-Göttin, war die geschickteste Beherrscherin von Seidr, einer Form von mächtiger Magie. Als Praktikerin dieser Magie wanderte die Göttin durch die Reiche, um ihr Handwerk ständig weiterzuentwickeln.

Eines Tages kam sie unter dem Namen Heiðr, was so viel wie "hell" bedeutet, nach Asgard. Die Asen waren von der Macht der Göttin begeistert und boten ihr an, ihre Dienste in Anspruch zu nehmen, um ihre Ziele zu erreichen. Sie erkannten jedoch, dass ihre Werte wie Gehorsam gegenüber dem Gesetz und Ehre wegen ihrer Begierden durch Magie außer Kraft gesetzt wurden.

Sie beschuldigten die Göttin Vanir, sie in Versuchung geführt zu haben, und nannten sie Gullveig oder Goldgierige und versuchten, sie zu töten. Sie versuchten dreimal, sie zu verbrennen, aber sie erhob sich jedes Mal wieder aus der Asche.

Dies war der Beginn des Konflikts zwischen den Asen und den Vanen, der sich zu einem regelrechten Krieg ausweitete. Die Vanir kämpften mit Magie, während die Äsir mit Kampf und Waffen kämpften. Der Krieg wogte hin und her, aber es gab keinen klaren Sieger.

Schließlich stellten die Götter fest, dass sie gleich stark und mächtig waren, und riefen einen Waffenstillstand aus. Bei den germanischen und nordischen Völkern war es üblich, dass die beiden kriegführenden Seiten Tribut zahlten, indem sie Geiseln schickten, die bei den anderen lebten. Die asischen Götter Hoenir und Mimir zogen zu den Vanir, während die asischen Götter Njord, Freyr und Freya zu den Asen gingen.

Die Vanir-Geiseln lernten, friedlich mit den Aesir zu leben. Die Aesir-Geiseln hingegen fanden es schwierig, in Vanaheim oder im Reich der Vanir zu leben. Hoenir ist ein Gott der Weisheit, der Ratschläge für jedes Problem geben kann. Die Vanir dachten, dass dies für sie hilfreich sein würde, aber sie erkannten nicht, dass der Gott nur dann Ratschläge geben kann, wenn Mimir in der Nähe ist.

Als die Vanir dies erkannten, enthaupteten sie Mimir und schickten den Kopf zurück zu Odin. Der Allvater balsamierte den Kopf in Kräutern ein und sprach Zaubersprüche, die den Kopf des Gottes konservierten. So konnte der abgetrennte Kopf Odin immer noch Ratschläge geben, wenn er ihn brauchte.

Doch anstatt die Feindseligkeiten zu erneuern, trafen sich die Vanir und die Aesir erneut und beschlossen, in einen Topf zu spucken. Aus ihrem Speichel entstand ein Geschöpf namens Kvasir, das mit Weisheit gesegnet wurde, um die Harmonie in den Neun Reichen zu erhalten. Mehr über die tragische Geschichte von Kvasir erfahrt ihr später im Met der Poesie.

KAPITEL VIER

GESCHICHTEN DER NORDISCHEN MYTHOLOGIE

Der Met der Poesie

Der Met der Poesie ist die Geschichte, wie Odin, der Allvater, den Met der Poesie suchte und besaß.

Wie du im vorigen Kapitel erfahren hast, einigten sich die Götter der Asen und Vanen darauf, ihre Feindseligkeiten zu beenden, indem sie in einen großen Topf spuckten. Aus ihrem Speichel schufen sie ein Wesen namens Kvasir. Kvasir war mit großer Weisheit gesegnet. Es heißt, dass ihm niemand ein Problem oder eine Frage stellen konnte, die er nicht beantworten konnte. Aufgrund seiner großen Weisheit wurde er in den Neun Reichen beliebt und von anderen Wesen sehr begehrt.

Doch nicht alle Wesen hatten gute Absichten mit Kvasir. Die beiden Zwerge Galar und Fjalar luden den weisesten Mann in ihr Reich ein. Doch bei seiner Ankunft töteten die Zwerge Kvasir und verwendeten sein Blut, um Met zu brauen. Dieser Met enthielt die

Fähigkeit Kvasirs, Weisheit zu spenden, und wurde Met der Poesie genannt. Jeder, der den Met trinkt, wird mit der Weisheit eines großen Gelehrten oder Dichters durchtränkt.

Die Götter stellten fest, dass Kvasir nicht mehr in den Neun Reichen anwesend war, und gingen zu den beiden Zwergen, um sie über das Verschwinden von Kvasir zu befragen. Galar und Fjalar logen jedoch über seinen Tod und teilten den Göttern mit, Kvasir sei erstickt und gestorben.

Offenbar fanden die beiden Zwerge Gefallen am Morden. Nachdem sie Kvasir getötet hatten, lockten sie den Riesen Gilling zu sich ans Meer und ertränkten ihn zu ihrem Vergnügen. Gillings Frau weinte laut und ihr Weinen irritierte die Zwerge, so dass sie auch sie erschlugen, indem sie ihr einen Stein auf den Kopf warfen.

Als Gillings Sohn Suttung vom Schicksal seiner Eltern erfuhr, lockte er die Zwerge in eine Falle und trug sie bei Ebbe zum Riff, in der Absicht, sie bei der nächsten Flut zu ertränken. Die Zwerge bettelten hartnäckig um ihr Leben, und Suttung (der bereits von dem Met der Poesie wusste) ließ sie unter der Bedingung frei, dass sie ihm den Besitz des Metes überließen.

Nachdem er den Met der Poesie in seinen Besitz gebracht hatte, versteckte Suttung ihn unter einem Berg namens Hnitbjorg und beauftragte seine Tochter Gunnlod, den Schatz zu bewachen.

Odin erfuhr schließlich von dem Met der Poesie und beschloss, dass er ihn besitzen wollte, um noch mehr Weisheit zu erlangen. Odin war sehr verärgert, als er feststellte, dass Kvasir auf grausame Weise ermordet worden war und seine Fähigkeiten der großen Weisheit ungenutzt unter dem Berg Hnitbjorg lagen.

Verkleidet als Landarbeiter besuchte Odin den Hof von Baugi (dem Bruder von Suttung). Er fand neun Knechte, die mit stumpfen Sensen Heu mähten. Er trat an die Knechte heran und bot ihnen an, ihre Sensen mit seinem Schleifstein zu schärfen. Die Arbeiter willigten ein, ohne zu wissen, dass Odins Schleifstein magisch war. Die Sensen wurden unglaublich scharf und konnten zur Freude der Arbeiter das Heu mit Leichtigkeit schneiden.

Sie waren sich einig, dass der Schleifstein der beste war, den sie je gesehen hatten, und baten darum, ihn von Odin zu kaufen. Der Gott stimmte zu, warnte aber, dass er einen hohen Preis habe. Odin warf den Schleifstein in die Luft und wurde Zeuge, wie sich die Landarbeiter darum stritten, den verzauberten Schleifstein zu fangen. Die Arbeiter kämpften mit ihren neuen scharfen Sensen auf Leben und Tod gegeneinander, um ein solches magisches Werkzeug zu benutzen.

Nach dieser grausigen Szene begab sich Odin zu Baugis Haus. Er stellte sich als Bolverker vor und bot an, die Arbeit der neun Diener zu übernehmen, denen er zuvor begegnet war und die er selbst beim Gemetzel beobachtet hatte. Als Gegenleistung für seine Dienste bat er um einen Schluck aus dem Met der Poesie.

Baugi erwiderte, dass er nicht im Besitz des Met sei und dass sein Bruder ihn sorgfältig bewache. Baugi versprach jedoch, dass er ihm helfen würde, den Met zu erwerben, wenn Bolverker wirklich die Arbeit der neun Knechte verrichten könne.

Mit Odins göttlichen Kräften konnte er sein Versprechen an Baugi erfüllen, der sich bereit erklärte, mit ihm zu Suttungs Haus zu reisen und nach dem Met zu fragen. Bei seiner Ankunft lehnte Suttung jedoch wütend ab.

Odin erinnerte Baugi an ihre Vereinbarung und überredete den Riesen, ihm zu helfen, Zugang zu dem Berg zu bekommen, in dem der Met versteckt war. Und so bohrte der Riese ein Loch in den Berg. Als die Aufgabe erledigt war, verwandelte sich Odin in eine Schlange und kroch in das Loch.

Im Inneren des Berges verwandelte sich Odin in einen jungen, gut aussehenden Mann, um die Riesin Gunnlod anzulocken. Odin umwarb die Riesin erfolgreich, und sie willigte ein, ihm drei Schlucke Met zu geben, unter der Bedingung, dass er drei Nächte lang mit ihr schlief. In der dritten Nacht ging Odin zu dem Met und trank gierig die ganze Flasche aus. Anschließend verwandelte er sich in einen riesigen Adler und entkam aus dem Berg, um nach Asgard zurückzukehren. Als Suttung von dem Betrug erfuhr, verwandelte sie sich ebenfalls in einen Riesenadler und verfolgte Odin.

Als die Götter der Asen bemerkten, dass ihr Oberhaupt mit einem Jotun im Schlepptau nach Asgard flog, befestigten sie die Tore Asgards. Odin gelang es, das göttliche Reich zu erreichen, bevor der Jotun ihn einholen konnte. Suttung zog sich wutentbrannt zurück.

Odin brachte ein Gefäß hervor und würgte den Met hinein. Doch einige Tropfen fielen aus seinem Mund und tropften hinunter nach Midgard, dem Reich der Menschen. Man sagt, dass diese Tropfen die Quelle der Fähigkeiten mittelmäßiger Gelehrter und Dichter sind.

Loki und die Zwerge

Loki, der Betrügergott, ist berüchtigt für seinen Unfug. Viele seiner Taten wurden aus reinem Vergnügen begangen. Eines Tages verspürte Loki den großen Wunsch, der Göttin Sif, der Frau des Donnergottes Thor, ihr wunderschönes goldenes Haar abzuschneiden.

Als Thor von diesem Unfug erfuhr, wurde er wütend und ergriff Loki und drohte ihm, ihm die Knochen zu brechen. Der schlaue Gott bettelte um sein Leben und versprach, nach Svartalfheim (dem Reich der Zwerge) zu gehen und zu fragen, ob sie der Göttin einen neuen Kopf aus goldenem Haar spinnen könnten. Thor, der seine Frau innig liebte, erlaubte dem schlauen Gott, sich sofort in die Heimat der Zwerge zu begeben.

Da Loki mit großer Überredungskunst gesegnet war, konnte er alles erreichen, was er Thor versprochen hatte. In Svartalfheim schufen die Söhne des Meisterzwergs Ivaldi nicht nur einen neuen Kopf mit goldenem Haar für Sif, sondern auch zwei weitere Geschenke für Thor. Erstens Gungnir, einen Speer, der unheimliche Kräfte besitzt. Zweitens das Skidbladnir, ein mächtiges Schiff, das immer von den Winden begünstigt wird und die Kraft besitzt, sich in ein taschengroßes Ding zusammenzufalten.

Loki war von der Handwerkskunst der Zwerge so beeindruckt, dass er etwas länger blieb als ursprünglich geplant. Dann reiste er zu den Brüdern Sindri und Brokkr und frotzelte, dass sie niemals innovative Kreationen schaffen könnten, die den von den Söhnen Ivaldis geschmiedeten Schätzen gleichkämen oder sie gar übertreffen könnten. Er war sich so sicher, dass er sogar seinen eigenen Kopf verwettete. Doch die Brüder nahmen die Herausforderung an.

Loki, der befürchtete, seine eigene Wette zu verlieren, verwandelte sich in eine Fliege und stach Sindri in die Hand, als der Zwerg mit der Arbeit begann. Doch seine Bemühungen, den Zwerg auszutricksen und zu behindern, blieben erfolglos, da Sindri immer noch in der Lage war, seine Erfindung zu enthüllen. Die neuartige Erfindung war ein magisches Wildschwein mit goldenem Haar. Der Eber trug den Namen Gullinbursti und konnte im Dunkeln leuchten und sich durch Luft und Wasser bewegen.

Nach der ersten Vorstellung arbeitete Sindri weiter an einem dritten Projekt, während Brokkr an der Vollendung seiner Schöpfung arbeitete, um Loki das Gegenteil zu beweisen. In einem weiteren Versuch, die Zwerge aufzuhalten, biss Loki Brokkr vergeblich in den Hals. Die zweite Schöpfung war fertig und der Zwerg enthüllte einen magischen Ring namens Draupner. Der Ring hatte die Kraft, sich alle neun Tage zu vermehren und zu replizieren.

Für die dritte und letzte Schöpfung arbeitete Sindri mit dem Material Eisen und sagte seinem Bruder, dass sie bei diesem Stück sehr vorsichtig sein sollten, denn jeder Fehler würde im Vergleich zu den ersten beiden Schöpfungen erheblich teurer werden. Die Fliege biss erneut in Brokkr's Augenlid, und das tropfende Blut versperrte Brokkr's Sicht, so dass er das vor ihm liegende Werk nicht genau erkennen konnte.

Trotz aller Ablenkungen schmiedeten die Brüder schließlich einen Hammer, der so mächtig war, dass er sein Ziel nie verfehlte und zu seinem Besitzer zurückkehrte, sobald er geworfen wurde. Zu Sindris Enttäuschung war der Stiel des Hammers zu kurz gearbeitet. Sindri weinte, dass dieses Missgeschick sein Meisterwerk ruiniert hatte. Dieser von den Zwergenbrüdern gefertigte Hammer ist uns heute als Mjolnir bekannt. Dennoch waren die Meisterwerke so spektakulär, dass die Brüder hinter Loki nach Asgard reisten, um sie den Göttern der Asen persönlich zu präsentieren.

Wie versprochen übergab Loki Sif den neuen Kopf aus goldenem Haar, und Thor schenkte er Mjolnir. Odin erhielt den Speer Gungnir und den Ring Draupner, während Frey Gullinbursti und Skidbladnir erhielt.

Die Götter der Asen waren den Zwergen für diese Geschenke sehr dankbar und einigten sich mit ihnen darauf, dass Loki für den Verlust der Wette seinen Kopf hergeben sollte. Als die Brüder Loki aufsuchten, um seinen Kopf zu fordern, erklärte der schlaue Gott, dass er nur seinen Kopf und nicht seinen Hals versprochen habe. Daraufhin nähten Sindri und Brokkr dem schlauen Gott den Mund zu und kehrten angewidert in ihre Heimat zurück.

Der Schutzwall von Asgard

Asgard, die Heimat der Asengötter und -göttinnen, wird von einer hohen Mauer geschützt, die die Asen vor den Angriffen der Jotunen und anderer Feinde der Götter bewahrt. Dieser Schutzwall war jedoch nicht immer vorhanden. Diese Geschichte erzählt, wie die Mauer gebaut wurde - und gilt als eine der skandalösesten und anzüglichsten Geschichten der mythologischen Überlieferung.

Eines Tages besuchte ein unbekannter Schmied Asgard und bot seine Dienste beim Bau einer hohen Mauer an, um die Götter der Asen zu schützen und zu befestigen. Der Schmied, der angeblich ein Jotun war, versprach, das Werk in nur drei Jahreszeiten zu vollenden, verlangte aber im Gegenzug eine hohe Entschädigung. Er verlangte, mit der Göttin Freya verheiratet zu werden, sowie das Recht auf Sonne und Mond.

Der Wall wird eine wichtige Festung für Asgard sein, und so diskutierten die Götter den Vorschlag des Schmieds. Freya war natürlich gegen den Vorschlag, aber Loki schlug vor, dem Schmied seinen Wunsch zu erfüllen, wenn er das Werk in einem einzigen Winter und ohne die Hilfe eines anderen als seines Pferdes vollenden könne.

Nach einer langen Diskussion stimmten die Götter dem Plan des schlauen Gottes zu. Natürlich wollten die Götter weder Freya verlieren, noch wollten sie sich von Sonne und Mond trennen. Da sie so viel zu verlieren hatten, waren sich die Götter und Göttinnen sicher, dass die Aufgabe fast unmöglich zu bewältigen sein würde.

Zu ihrer Überraschung stimmte der Schmied den geänderten Bedingungen zu und verlangte von den Göttern einen Eid, um sicherzugehen, dass sie die Abmachung einhalten würden, und auch um sich selbst zu schützen, während er in Asgard arbeitete.

Der Schmied begann mit der Herstellung der Mauer, und die Götter der Asen staunten, wie schnell die Mauer errichtet wurde. Das Pferd des Schmieds, das Svadilfari hieß, war ebenso spektakulär, denn es konnte große Felsbrocken von weit her herbeischleppen, um das Bauwerk zu verstärken.

Als sich das Ende des Winters näherte, war die Mauer stark und stand kurz vor ihrer Fertigstellung. Der Schmied musste nur noch die letzten Felsbrocken um das Tor herum anbringen, um die Befestigung zu vollenden. Odin ergriff Loki und beschuldigte ihn, sie schlecht beraten zu haben. Er drohte ihm, ihn zu töten, wenn er nicht einen Weg finden würde, den Schmied an der Vollendung der Aufgabe zu hindern.

Die Götter waren nicht bereit, Freya zu übergeben. Außerdem würde die Übergabe der Sonne und des Mondes an den Riesenschmied die Neun Reiche in Dunkelheit hüllen. Loki bettelte entschuldigend um sein Leben und versprach, dass er einen Weg finden würde.

Später in der Nacht reisten der Schmied und sein Pferd erneut in den verschneiten Wald, um nach den perfekten Felsbrocken zu suchen. Auf ihrem Weg lockte eine Stute, die Loki in Verkleidung war, den Hengst an. Das Pferd galoppierte sofort hinter der Stute her und verfolgte Loki. Als der Morgen anbrach und das Pferd immer noch fehlte, erkannte der Riese untröstlich, dass er sein Projekt nicht erfolgreich abschließen konnte.

Anstatt ihren Teil der Abmachung zu erfüllen, befahlen die Götter der Asen Thor, den Kopf des Riesen mit Mjolnir in Stücke zu schlagen.

Währenddessen gelang es Svadilfari, sich Loki zu nähern und ihn zu schwängern. Loki gebar ein Pferd mit acht Beinen. Das neugeborene Fohlen erhielt den Namen Sleipnir und wurde das Pferd von Odin. So erhielt Loki das Etikett, eine Mutter zu sein.

Warum ist Odin einäugig?

Obwohl Odin in der nordischen Religion als das höchste göttliche Wesen gilt, ist er nicht allwissend. Den literarischen Quellen zufolge strebt er immer noch nach Weisheit und ist bereit, einen hohen Preis zu zahlen, um die Geheimnisse des Universums zu verstehen. Auf der Suche nach den Runen hängte er sich mit einer Speerwunde in einen Zweig von Yggdrasil und fastete neun Tage lang.

In einer anderen Überlieferung heißt es, er habe den Brunnen von Urd besucht, der Yggdrasil nährt. Der Brunnen ist die Heimat von Mimir - einem Wesen aus den Schatten, das jedoch mit großem Wissen über den Kosmos ausgestattet war. Odin glaubte, dass Mimir diesen Status vor allem durch das Trinken von Wasser aus dem Brunnen erlangte.

Als Odin ihn bat, aus dem Brunnen zu trinken, weigerte sich Mimir, es sei denn, der Allvater würde ihm im Gegenzug ein Auge schenken. Von allen Dingen im Universum sucht Odin die Weisheit, also stach er sein Auge aus und warf es ohne zu zögern in den Brunnen. Mit diesem göttlichen Opfer tauchte Mimir ein

Horn in den Brunnen, damit der einäugige Gott einen Schluck des kosmischen Getränks nehmen konnte.

Odins Entdeckung der Runen

Wie in der vorangegangenen Geschichte deutlich wurde, ist Odin unermüdlich auf der Suche nach kosmischer Weisheit. Er ist auch bereit, für dieses endlose Verlangen alles zu opfern. Die Geschichte, wie der Allvater die Runen entdeckte, ist ein weiterer starker Hinweis auf seinen überzeugenden Wunsch, die Geheimnisse des Universums zu verstehen. Sie zeigt auch seine unnachgiebige Willenskraft.

Bei den Runen handelt es sich um die Schriftzeichen, die die Norweger vor der Verwendung lateinischer Buchstaben im Mittelalter verwendeten. Im Gegensatz zur lateinischen Schrift, die im Grunde ein Gebrauchsalphabet ist, symbolisieren die Runen mächtige Kräfte oder Magie. Der Begriff "Rune" bedeutet so viel wie Geheimnis.

Mit der Kenntnis der Runen kann jeder mit den magischen Kräften des Kosmos interagieren. Als Odin nach den Runen suchte, wollte er also nicht einfach nur eine Reihe von zufälligen Symbolen oder Klängen erhalten. Er war vielmehr auf der Suche nach einer Kraft, die des Göttlichen würdig ist.

Wie du inzwischen wissen solltest, steht der große Baum Yggdrasil im Zentrum der nordischen Kosmologie. Seine oberen Äste stützen Asgard, die Heimat der Äsir-Gottheiten, deren König Odin ist.

Der Brunnen von Urd nährt Yggdrasil. Dieser Brunnen ist groß und tief und birgt viele mächtige Wesen des Universums. Zu diesen mächtigen Wesen gehören die Nornen - drei weise Jungfrauen, die das Schicksal aller Wesen gestalten. Die Methode, mit der sie das Schicksal gestalten, ist das Einritzen von Runen in den Stamm der Yggdrasil. Diese Runen tragen die Absichten durch den Baum, die sich auf das Schicksal aller Bewohner der Neun Reiche auswirken.

Odin, ein unermüdlicher Sucher nach Weisheit, untersuchte die Nornen aus Asgard und entwickelte Eifersucht auf ihre Weisheit und ihre Kräfte. Er beschloss, sich selbst weiterzubilden und die magischen Kräfte der Runen zu studieren.

Der ursprüngliche Ursprung der Runen befindet sich im Brunnen von Urd, und die Runen offenbaren sich nicht willkürlich jedem, der nicht würdig ist. Odin musste sich in Yggdrasil aufhängen, während er von einem Speer durchbohrt wurde. In dieser Position beobachtete er die schattenhaften Wasser des Brunnens. Um seinen Wert zu beweisen, befahl er den anderen Göttern, ihm in keiner Weise zu helfen. Und so beugte er seinen Willen und beschwor die Macht der Runen.

Neun Tage und Nächte lang blieb er in dem großen Baum hängen. Am Ende des neunten Tages entdeckte er schließlich die Formen im Brunnen. Die Runen nahmen sein Opfer an und offenbarten sich dem Oberhaupt der Götter, indem sie ihm nicht nur ihre Symbole, sondern auch ihre Bedeutungen anboten.

Als Odin das Wissen der Runen entdeckte, wurde er zu einem der mächtigsten Wesen im Universum. Er erlernte auch Runengesänge, die ihm weitere Kräfte verliehen, z. B. die Liebe zu vollenden, Tote zu erwecken, seine Kameraden im Kampf zu schützen, Anhänger der dunklen Magie zu entlarven und zu besiegen, Feuer zu löschen, sich aus Zwängen zu befreien, seine Feinde zu binden und körperliche und seelische Wunden zu heilen.

Die Entführung von Idun

Idun ist eine Göttin, die in Asgard lebt. Obwohl sie als kleine Gottheit betrachtet wird, spielte sie eine wichtige Rolle, da sie die Hüterin der mystischen Äpfel war, die es den Göttern ermöglichten, ihre Jugend zu bewahren. Die Geschichte über ihre Entführung gehört zu den bekanntesten Erzählungen der nordischen Mythologie.

Eines Tages begaben sich die drei Götter der Asen - Hoenir, Loki und Odin - auf eine lange Reise. Als sie einen einsamen Berg erreichten, hielt das Trio an, um Nahrung zu finden. Da es an diesem Ort jedoch keine essbaren Pflanzen gab, töteten sie, als sie auf eine Ochsenherde stießen, einen von ihnen als Mahlzeit.

Als die Götter das Fleisch über dem Feuer erhitzten, wurde es jedoch nicht gar, unabhängig von der Intensität des Feuers oder der Dauer, die sie das Fleisch kochten. Plötzlich hörten sie über sich eine Stimme von einem großen Adler, der auf einem Baum saß.

Der Adler sagte, dass er derjenige sei, der das Fleisch durch Magie am Garen hindere. Der mystische Adler sagte, dass er den Zauber aufheben würde, wenn die Götter ihm einen Teil ihrer Nahrung gäben. Obwohl die Götter irritiert waren, stimmten sie zu, da sie keine andere Wahl hatten, und starrten den Adler an, als er herunterflog und die größte Portion des verfügbaren Fleisches abbiss.

Loki empfand dies als ungerecht, und so nahm er einen Ast vom Baum und peitschte ihn wütend auf den Adler zu. Der Adler war schnell und zu schnell für ihn, schnappte sich den Ast, der an Loki hing, und flog mit ihm hoch in die Luft. Der verängstigte Gott flehte noch einmal um sein Leben, aber der Adler weigerte sich, ihn zu retten. Es stellte sich heraus, dass der Adler seine ursprüngliche Form eines Jotun angenommen hatte. Um der schrecklichen Situation zu entkommen, versprach Loki, dem Jotun namens Thjazi die Äpfel von Idun zu bringen.

Als die Götter nach Asgard zurückkehrten, besuchte Loki sofort Idun und log, er habe Äpfel entdeckt, die viel süßer und mythischer seien als alle, die in Asgard wachsen. Der schlaue Gott fragte Idun, ob sie ihm in den Wald folgen und ihre wertvollen Äpfel zum Vergleich mitbringen solle. Idun willigte ein, Loki zu folgen, und als sie schließlich den Wald erreichten, wurde die Göttin von Thjazi gefangen genommen und in sein Haus namens Thrymheim gebracht, das auf einem hohen Berggipfel mit eisigen Gipfeln liegt.

Ohne Idun wurden die Aesir-Gottheiten allmählich vom Alter gepackt. Ihr Haar ergraute, ihre Haut wurde faltig, und ihre Kräfte ließen nach. Odin berief eine Dringlichkeitssitzung ein und befragte die Götter über das Fehlen von Idun. Erst dann stellte sich heraus, dass die Göttin aufgrund von Lokis List von dem Riesen entführt worden war.

Die Götter ergriffen Loki und zwangen ihn, die Geschehnisse um Idun preiszugeben. Loki flehte und gestand, was er getan hatte. Odin befahl Loki, Idun freizulassen und drohte dem schlauen Gott, dass er brutal hingerichtet würde, wenn er sie nicht rette.

Freya lieh Loki ihre Falkenfedern, die es jedem, der sie besitzt, ermöglichen, sich in einen Falken zu verwandeln, um die Mission zu beschleunigen. Loki flog sofort nach Jotunheim, um Thrymheim zu finden. Als er an seinem Ziel ankam, entdeckte er, dass der Riese zum Fischen aufs Meer hinausgesegelt war und Idun allein zurückgelassen hatte. Loki verwandelte Idun schnell in einen Apfel und flüchtete aus dem Reich des Riesen, wobei er Idun fest in seinen Krallen hielt.

Als Thjazi von seinem Fischfang zurückkehrte, stellte er fest, dass Idun fehlte. Er verwandelte sich in seine Adlergestalt und verfolgte Loki. Der Jotun näherte sich dem schlauen Gott und war kurz davor, ihn zu fangen. Die Götter der Asen bemerkten die Verfolgung und umzingelten sofort die Mauern mit Holzscheiten. Loki, der Idun immer noch umklammert hielt, schaffte es innerhalb der Barriere, und die Götter entzündeten das Feuer. Der Riese hatte keine Zeit zu fliehen und verbrannte mitten in der Luft zu einem Häufchen Asche.

Die Hochzeit von Njord und Skadi

Die Erzählung über die Hochzeit von Njord und Skadi beginnt dort, wo die Entführung von Idun endet.

Während die Götter der Asen in Asgard den Sieg über Thjazi und die Rückkehr Iduns in ihr Reich feierten, kam ein ungebetener Gast in die Götterhalle.

Es war Thjazis Tochter namens Skadi, die in voller Rüstung nach Asgard gekommen war, um sich für den Tod ihres Vaters zu rächen. Die Götter hätten die Riesin mit Leichtigkeit erledigen können, beschlossen aber, kein weiteres unnötiges Blut zu vergießen. Daher waren sie geduldig mit der Riesin und bestachen sie, damit sie ihre Geschenke annahm, anstatt ihre Rache fortzusetzen.

Als Teil der Wiedergutmachung nahm Odin die Augen von Thjazi und warf sie auf mystische Weise in den Abendhimmel, wo sie zu hellen Sternen wurden. Die Riesin war erfreut, erklärte aber, dass dies nicht genug sei.

Daraufhin versprachen die anderen Götter, die Riesin zum Lachen zu bringen. Alle Götter versuchten es, aber zu ihrer Überraschung gelang es keinem der Götter, der Riesin auch nur ein kleines

Kichern zu entlocken. Schließlich schnappte sich Loki eine Ziege und band sie an das eine Ende eines Seils und das andere Ende um seine Hoden. Er begann ein Tauziehen mit der unglücklichen Ziege. Die beiden heulten und kreischten, bis Loki schließlich in den Schoß der Riesin fiel, die daraufhin gluckste.

Doch das war noch nicht genug. Schließlich rief die Riesin aus, dass sie ihren Willen, ihren Vater zu rächen, nur aufgeben würde, wenn sie einen Bewohner Asgards heiratete. Die Götter willigten ein, aber nur unter der Bedingung, dass sie ihren Mann allein nach dem Anblick seiner Füße und Beine auswählt. Skadi wählte das schönste Paar Beine unter den Göttern aus, weil sie dachte, es gehöre dem hübschen Baldur. Aber es stellte sich heraus, dass diese Beine zu Njord gehörten - dem Gott des Meeres.

Und so heirateten Skadi und Njord in Asgard, und ihre Hochzeit war wunderschön. Nach ihrer Hochzeit mussten sie einen Ort wählen, an dem sie sich niederlassen wollten. Njords Heimat war ein warmer, heller Ort namens Noatun. Es war das Gegenteil von Skadis Ort - Thrymheim, einem kalten und dunklen Ort in den Bergen, wo der Winter nie endet.

Da sie sich nicht entscheiden konnten, beschlossen sie, für eine gewisse Zeit an dem Ort des anderen zu leben. Zunächst verbrachten sie neun Tage und Nächte in Thrymheim. Njord erklärte, der Ort sei abscheulich. Danach verbrachten sie neun Tage und Nächte in Noatun. Skadi erklärte, der Ort sei so hell, dass sie nicht schlafen könne. Vor lauter Unentschlossenheit wurde Skadi müde und die beiden trennten sich.

Die Fesselung des Fenrir

Loki lebt zwar mit den Göttern der Asen in Asgard, ist aber ein Jotun, und er hatte schaurige Kinder zur Welt gebracht. Aus seiner Ehe mit der Riesin Angrboda gingen drei furchtbare Kinder hervor. Der Erstgeborene war Jormungand - die Riesenschlange, die Midgard überfiel. Das zweite Kind war Hel, die Herrscherin über die Unterwelt. Das dritte Kind war der Wolf namens Fenrir.

Die Götter der Asen hatten schreckliche Vorahnungen über ihr Schicksal angesichts der Existenz dieser Kinder. Die Ära der Äsir-Götter würde später mit Ragnarök enden, und diese Wesen würden eine wichtige Rolle spielen. Jormungand ist dazu bestimmt, Thor während des Endes der Zeiten zu töten, das durch die Weigerung von Hel, den Gott Baldur aus der Unterwelt zu befreien, ausgelöst wird. Während des Ragnarök ist Odin dazu bestimmt, von Fenrir, dem Wolf, verschlungen zu werden.

Um diese Verschlinger unter Kontrolle zu halten, verbannte Odin Jormungand in den Ozean, wo er in Midgard eindringt. Hel hingegen wurde in die Unterwelt verbannt. Fenrir war der furchteinflößendste, weshalb sie den jungen Wolf genau beobachteten. Der Kriegsgott Tyr war der Einzige, der es wagte, sich um Fenrir zu kümmern.

Wegen seines Jotun-Blutes wuchs Fenrir in einem beunruhigenden Tempo, und deshalb hielten es die Götter der Asen für wichtig, dass er Asgard bald verließ. Da sie wussten, wie viel Schaden der Wolf anrichten könnte, wenn sie ihn in den Neun Reichen umherstreifen ließen, versuchten die Götter der Asen, ihn mit verzauberten Ketten zu binden.

Während Fenrir zu einer beachtlichen Größe heranwuchs, war sein Geist noch der eines jungen Welpen. Die Götter gaukelten ihm vor, dass sie ihn fesseln würden, um seine Kräfte zu testen. Sie testeten zahlreiche Fesseln, aber keine konnte den Jotun-Wolf jemals fesseln.

Odin beschloss, die Dienste der Zwerge in Anspruch zu nehmen, die zu den geschicktesten Handwerkern des Universums gehören.

Die Zwerge waren in der Lage, eine Kette anzufertigen, die außerordentlich robust ist. Diese magische Kette wurde aus dem Speichel eines Vogels, dem Atem eines Fisches, den Wurzeln eines Berges, dem Bart einer Frau und den Fußspuren einer Katze hergestellt. Diese Dinge gibt es einfach nicht, und so ist jeder Kampf um Freiheit vergeblich. Die Kette wurde Gleipnir genannt.

Als die Götter der Asen Fenrir die neue Kette präsentierten, zweifelte der junge Wolf an den Absichten der Götter. Daher willigte er nur dann ein, die neue Kette auszuprobieren, wenn ein Gott oder eine Göttin ihm zur Sicherheit die Hand in den Rachen legen würde. Für die Götter ist es wichtig, einen Schwur zu erfüllen, und so wagte es niemand, den Bedingungen Fenrirs zuzustimmen.

Schließlich erklärte sich Tyr, der unermüdliche Gott, bereit, Fenrirs Forderung zu erfüllen. So banden die Götter Fenrir, und nachdem der Wolf nicht in der Lage war, sich von der mystischen Kette zu befreien, biss er die Hand von Tyr ab und verschlang sie.

Fenrir wurde an einen einsamen Ort verbannt, und die Kette wurde an einen großen Felsen gebunden. Die Götter steckten ein Schwert zwischen die Kiefer des Wolfes, damit sie offen blieben und keine Gefahr darstellten. Es wird angenommen, dass er in diesem Zustand bleibt, bis Ragnarök eintrifft.

Die Sage von Utgarda-Loki

Eines Tages gingen Thor und Loki auf eine Reise, gezogen von dem von Ziegen gezogenen Streitwagen Thors. Nachts fanden sie das Haus eines Bauern, bei dem sie als Gäste willkommen waren. Als Gegenleistung für die herzliche Gastfreundschaft schlachtete Thor seine Ziegen, damit sie alle ein üppiges Abendessen genießen konnten. Diese Ziegen besaßen magische Kräfte, die es Thor ermöglichten, sie wieder zum Leben zu erwecken. Als die

Gruppe mit dem Essen fertig war, legte Thor die Felle auf den Boden und wies die Gastgeber an, die Knochen auf die Felle zu legen.

Der Bauer hatte zwei Kinder - eine Tochter namens Roskva und einen Sohn namens Thjalfi. Trotz Thors strenger Anweisung brach der Junge die Beinknochen der Ziegen, um das Mark zu schlürfen.

Am nächsten Morgen erweckte Thor die Ziegen wieder zum Leben. Eine der Ziegen hatte jedoch ein lahmes Bein. Thor ahnte sofort, was geschehen war, und wurde wütend. Er drohte, die Familie zu töten, aber der Bauer flehte um ihr Leben und bot ihm stattdessen seine Kinder als Leibeigene an. So wurden Roskva und Thjalfi zu Thors Dienern.

Und so machten sich die beiden Götter und die beiden Kinder auf den Weg nach Jotunheim und durchquerten dabei weite Meere und dichte Wälder. In der Nacht entdeckten sie eine verlassene Halle und beschlossen, sich dort für die Nacht niederzulassen.

Während sie tief schliefen, wurde die Gruppe von einem starken Erdbeben aufgeschreckt. Ein schlafender Riese, dessen Schnarchen die Erde erschüttern konnte, schreckte sie schnell auf. Thor, der Riesen von Natur aus hasste, zielte mit seinem Hammer auf den Riesen, um ihn zu töten. Doch der Riese wachte unerwartet auf und rief seinen Namen: Skrymir. Skrymir prahlte damit, dass er Loki und Thor kenne und erklärte, dass er keine Bedrohung darstelle.

Es stellte sich heraus, dass die große Halle, in der sich Thor und seine Begleiter niederließen, in Wirklichkeit der Handschuh des Riesen war. Der Riese bot ihnen später an, sie auf ihrer Suche zu begleiten, woraufhin Thor zustimmte und sie ihre Reise fortsetzten.

Als die nächste Nacht über die Gruppe hereinbrach, ruhten sie unter einer großen Eiche. Skrymir hatte den gesamten Proviant der Gruppe in seinem riesigen Sack transportiert und ruhte sich zum Trost auf dem Sack aus. Trotz seiner Stärke war Thor nicht in der Lage, den Sack zu öffnen, um einige seiner Habseligkeiten zu bergen, während der Riese in tiefem Schlummer lag. Er war so verärgert, dass er dem Riesen so fest auf die Stirn schlug, dass er dachte, er würde ihn töten und sein Körper würde zu Staub zerfallen. Der Riese erwachte jedoch friedlich und kratzte sich am Kopf, weil er dachte, ein Blatt sei auf ihn gefallen.

Später in der Nacht war Skrymirs Schnarchen wieder so laut, dass es sich wie ein gewaltiger Donnerschlag anhörte. Der Donnergott wurde furchtbar ungeduldig und beschloss, den Riesen ein für alle Mal zu töten. Thor hämmerte Skrymir erneut auf die Stirn. Aber genau wie zuvor wachte Skrymir auf und fragte die Gruppe, ob ihm ein Ast auf die Stirn gefallen sei.

Kurz vor Sonnenaufgang versuchte Thor ein letztes Mal, Skrymir zu töten, aber der Riese stellte fest, dass er Thors mächtigem Hammer nicht gewachsen war. Thor war so verärgert, dass ihm nichts anderes übrig blieb, als Skrymir zu bitten, abzureisen und die Suche mit der Gruppe nicht fortzusetzen.

Der Riese stimmte gnädig zu, und die Gruppe setzte ihre Reise in Richtung Jotunheim fort. Um die Mittagszeit erreichte die Gruppe ihr Ziel. Sie entdeckten jedoch, dass das Tor verschlossen war und sie es durchbrechen mussten, um hindurch zu kommen. Mit einem schnellen Schwung von Thors Hammer wurden die Schlösser zertrennt und fielen in Stücken auf den Boden.

Als sie durch das Tor traten, entdeckten sie eine Halle, in der viele Männer fröhlich feierten. Unter ihnen befand sich Utgarda-Loki, der König des Schlosses, das die Gruppe betreten hatte. Der

Riesenkönig erkannte die Götter und lachte über ihre geringe Größe.

Loki wollte seine Würde bewahren und erklärte stolz, dass niemand in der Burg ihn in einem Wettessen besiegen könne. Utgarda-Loki forderte den schlauen Gott heraus, seine Behauptungen in einem Wettstreit zu beweisen. Der Gegner von Loki war Logi.

Der Tisch war mit Fleisch für die beiden Kontrahenten gedeckt. Logi stand am einen Ende und Loki am anderen. Die Herausforderung bestand darin, zuerst in die Mitte zu gelangen, indem man sich durch das Buffet fraß. Nach vielen Bissen trafen sich die beiden Wettkämpfer genau zur gleichen Zeit in der Mitte. Doch während Loki nur das Fleisch gegessen hatte, hatte Logi sogar die Knochen verschlungen. Daher wurde Logi zum Sieger erklärt.

Thjalfi war ein schneller Läufer und bot nach Lokis Niederlage ein Wettrennen an. Utgarda-Loki nahm die Herausforderung an und forderte seinen Champion namens Hugi zum Wettkampf auf. Unglücklicherweise war Hugi viel schneller als Thjalfi, und er erreichte das Ziel mit Leichtigkeit, während Thjalfi atemlos zurückblieb. Die beiden Teilnehmer traten dreimal gegeneinander an, um ein echtes Ergebnis zu ermitteln, und Hugi gewann jedes Mal.

Schließlich forderte Thor, der sich am Kopf kratzte, die Bewohner der Burg zu einem Wetttrinken heraus. Thor ist bekannt für seinen unersättlichen Appetit auf Alkohol, insbesondere auf Met. Utgarda-Loki befahl einem Diener, eine Art Trinkhorn mitzubringen. Als es dem Donnergott vorgeführt wurde, teilte ihm der König des Schlosses mit, dass derjenige, der zuerst den Schnaps aus dem Horn trinken könne, zum größten Trinker erklärt werde.

Thor griff nach dem Horn, um den Met zu schöpfen, aber als er eine Pause machte, um Luft zu holen, hatte sich der Metpegel im Horn wieder aufgefüllt. Verwirrt trank er den Met erneut. Als er erneut Luft holte, war das Horn wieder bis zum Rand mit Met gefüllt. Er versuchte es ein drittes Mal und scheiterte erneut, während die Leute um ihn herum amüsiert lachten.

Utgarda-Loki forderte Thor sogar auf, zu versuchen, seine Katze hochzuheben, aber auch das gelang dem Donnergott nicht. Thor war sichtlich irritiert und forderte ihn erneut zum Ringen heraus. Utgarda-Loki befahl Elli, einer alten Magd, mit Thor zu ringen. Aber auch hier verlor der Donnergott zu ihrem Erstaunen.

Nach dieser letzten Herausforderung beschloss Utgarda-Loki, die Nacht zu beenden und Thor als Gast im Schloss willkommen zu heißen, weil er für so gute Unterhaltung gesorgt hatte.

Am Morgen erwachten Thor und seine Gefährten und machten sich bereit, die Burg zu verlassen. Doch bevor sie aufbrachen, rief Utgarda-Loki die Gruppe zusammen, um ihnen zu offenbaren, was in der Nacht zuvor bei den Herausforderungen wirklich geschehen war.

Utgarda-Loki erklärte, dass Loki in der Tat erstaunlich gut im Esswettbewerb abgeschnitten hatte, weil er gegen das Feuer selbst antrat. Auch Thjalfi hatte Lichtgeschwindigkeit, und Thjalfi hatte keine Chance. Das Horn, das für Thors Trinkwettbewerb verwendet wurde, war mit dem Ozean verbunden. Utgarda-Loki hatte tatsächlich Angst, dass Thor weiterhin das gesamte Meer trinken würde. Die Schlosskatze war in Wirklichkeit Jormungand, und Thor kämpfte in der letzten Herausforderung tatsächlich gegen das Alter.

Thor war so erzürnt über die erneute Demütigung, dass er in seiner Wut versuchte, Utgarda-Loki zu töten, aber die Burg verschwand plötzlich in einem Wimpernschlag und die Gruppe stand staunend vor dem Nichts, nichts als eine weite Ebene.

Die Fischerei auf Jormungand

Eines Tages beschlossen die Götter der Asen, zu Ehren von Ran und Aegir - den Meeresgöttern - ein rauschendes Fest zu veranstalten. Die beiden Meeresgötter boten an, das Festmahl auszurichten, aber nur unter einer Bedingung. Die Götter müssen einen riesigen Kessel bereitstellen, der groß genug ist, um Met für alle Gäste zu brauen.

Nun wussten die Götter, dass im ganzen Universum nur Hymir, ein Riese, einen riesigen Kessel besaß, der groß genug für das Fest war. Thor meldete sich freiwillig zum Haus von Hymir und bat darum, den Riesenkessel ausleihen zu dürfen.

Als Thor an Hymirs Wohnsitz ankam, schlachtete der Riese drei Stiere für das Abendessen der Gäste. Der Riese war jedoch schockiert und enttäuscht, als der Donnergott zwei ganze Stiere auf einmal aß. Thor war für seinen großen Appetit bekannt. Deshalb bat der wütende Riese Thor, ihn am nächsten Morgen zum Fischen zu begleiten, um mehr Nahrung zu beschaffen.

Am nächsten Tag bat der Riese Thor, Angelköder zu sammeln. Der Donnergott ging zur Weide des Riesen und tötete die größten Bullen, um ihre Köpfe als Köder zu verwenden. Hymir war erneut verärgert über die Tat des brutalen Gottes, blieb aber ruhig, da er hoffte, dass Thors Stärke und Entschlossenheit auf ihrer Angelfahrt hilfreich sein würden.

Die beiden bestiegen das Fischerboot, und der Donnergott setzte sich ins Heck. Er ruderte das Boot auf das Meer hinaus, und sofort gingen ihnen zwei Wale an den Haken. Nachdem sie die riesigen Wale an Land gezogen hatten, ruderte Thor weiter. Thor ruderte das Boot immer weiter aufs Meer hinaus. Als Hymir dies voraussah, bekam er Angst und bat Thor, zurückzurudern, da die Gewässer vor ihm im Reich von Jormungand, dem Erzfeind Thors, lägen.

Der Donnergott ließ die Ruder fallen und warf ohne zu zögern seine Angelschnur ins Meer. Nach kurzer Zeit spürte Thor ein starkes Ziehen. Als er an der Leine zog, erschütterte ein heftiges Rumpeln ihr Fischerboot. Hymir hatte sich noch nie so sehr gefürchtet und flehte Thor an, aufzuhören. Doch der Donnergott blieb hartnäckig.

Plötzlich tauchte Jormungands Kopf aus dem Wasser auf, und ungläubig griff Thor schnell nach seinem Hammer. Doch der Riese durchtrennte in panischer Angst die Leine. Thor verpasste die Gelegenheit, seinen Feind zu töten, und begann vor Wut zu kochen. Er hob den Riesen auf und warf ihn tief ins Meer hinaus, schnappte sich die beiden Wale, reiste zurück zu Hymirs Haus und trat zusammen mit dem Riesenkessel die Heimreise an.

Thor der Transvestit

Eines Tages entdeckte Thor, dass sein mächtiger Hammer, Mjolnir, verschwunden war. Das war eine kritische Situation in Asgard, denn dieser mystische Hammer (von den Zwergen geschmiedet) ist ihre mächtigste Waffe gegen die Jotun oder andere Feinde. In Panik suchten die Götter nach Mjolnir, konnten ihn aber in Asgard nicht finden.

Die Vanir-Göttin Freya besaß mystische Falkenfedern, die es ihrem Träger ermöglichten, sich in einen Falken zu verwandeln. Sie lieh Loki diese Federn, damit er sich schnell auf die Suche nach Mjolnir begeben konnte. Der schlaue Gott verwandelte sich in einen Falken und flog davon, um den Hammer zu suchen. Er dachte sofort, dass die Jotunen den wertvollen Besitz an sich gerissen hatten, und so flog er nach Jotunheim.

Als Loki in Jotunheim ankam, marschierte er sofort zum König der Riesen namens Thrym. Der schlaue Gott fragte ihn nach dem Verbleib des Hammers. Der Häuptling der Jotunen antwortete, dass Loki Recht habe, wenn er annehme, dass die Jotunen den Hammer an sich gerissen und ihn tief unter Jotunheim vergraben hätten. Außerdem fügte er hinzu, dass er Mjolnir nur zurückgeben würde, wenn die schöne Freya seine Hand nehmen würde.

Loki kehrte nach Asgard zurück und teilte diese Bedingung den Göttern mit. Natürlich waren alle wütend, besonders Thor und Freya. Nach reiflicher Überlegung schlug Heimdall einen kreativen und schlauen Plan vor. Er schlug vor, Thor könne als Freya verkleidet nach Jotunheim reisen, Mjolnir finden und die Jotun-Diebe bestrafen.

Zunächst war Thor nicht einverstanden, weil er dachte, dass das Tragen des Gewandes einer Frau unmännlich wirken würde. Außerdem würden ihn die Gegenreaktion und der Spott der anderen Götter für immer heimsuchen. Der Donnergott willigte schließlich in die Verkleidung ein, als Loki ihm erklärte, wie wichtig es sei, dass Asgard ohne Mjolnir bald von den Jotunen bedroht sein könnte. Thor stimmte also dem Plan zu.

Und so wurde der Donnergott mit einem schönen Kleid herausgeputzt und in Freya umgestaltet. Als Thor fertig war, bot ihm Loki an, ihn als gestaltwandelnde Magd zu begleiten. Die beiden reisten in einem von Ziegen gezogenen Wagen und fuhren gemeinsam nach Jotunheim. Der Riese Thrym begrüßte sie mit Freudentränen in den Augen, dass sich die Götter der Asen endlich seinen Bedingungen unterworfen hatten.

Während des Abendessens gerieten Thor und Loki in eine missliche Lage. Thor verschlang mit seinem unersättlichen Appetit mühelos einen ganzen gebratenen Ochsen und trank ein ganzes Fass Met, und Loki stand ihm nicht viel nach. Dadurch wurde Thrym sehr misstrauisch gegenüber den beiden und erklärte, er habe noch nie eine Göttin mit einem solchen Appetit gesehen. Loki schlussfolgerte, dass Freya (die eigentlich Thor war) so hungrig war, weil sie in den Anführer der Jotunen verliebt war.

Thrym akzeptierte diesen Grund und bat darum, seine Braut küssen zu dürfen. Als Thrym die Hand zum Kuss ausstreckte, sah er, wie Thor ihn anschaute. Ein Bild, das ihm ein Loch in den Leib brennen konnte. Er erklärte, dass er noch nie eine Göttin mit solch brennenden Augen gesehen hatte. Loki, der schlaue Gott, schlussfolgerte, dass Freya wegen ihres Liebeskummers für den Jotun nicht gut schlafen konnte.

Bald darauf begann die Hochzeitszeremonie. Um ihre Verbindung zu segnen, befahl Thrym, Mjolnir hervorzuholen. Als Thors Hammer auf seinen Schoß gelegt wurde, ergriff er sofort den Griff und tötete Thrym und alle eingeladenen Jotun, die bei der Hochzeit anwesend waren. Loki und Thor eilten zurück nach Asgard. Der Donnergott und der schlaue Gott zogen sich wieder ihre Rüstung an.

Thors Duell mit Hrungnir

Hrungnir war als eines der mächtigsten Wesen unter den Jotunen bekannt. Eines Tages beschloss Odin, diesen mächtigen Jotun in Jotunheim zu besuchen. Zunächst erkannte Hrungnir den Allvater nicht, und so verhörte er den Fremden mit dem lauten Pferd, das durch Wasser und Luft reiten konnte.

Als Odin diese Beleidigung bei seiner Ankunft hörte, schloss er eine Wette ab, dass Sleipnir (das Pferd, das er bestieg) das schnellste Pferd im Universum sei. Hrungnir ärgerte sich über diese unverschämte Behauptung und nahm die Herausforderung an, indem er auf seinem Pferd namens Gullfaxi ritt.

Und so ritten Odin und Hrungnir durch dichte Wälder, felsige Hügel, Wasser und Schlamm. Ehe er sich versah, war das Rennen vorbei und Odin wartete geduldig auf ihn an der Ziellinie. Obwohl Hrungnir das Rennen so knapp verlor, lud Odin ihn zum Trinken und Feiern mit den Göttern ein.

Nachdem er Fass um Fass Met getrunken hatte, wurde Hrungnir betrunken und verlor die Kontrolle. Er erklärte sogar, dass er alle Götter abschlachten würde, bis auf die Göttin Freya und Sif, die Frau von Thor. Er lallte, dass er diese Göttinnen nach Jotunheim zurückbringen würde und dass sie seine Bräute werden würden.

Thor hörte von der Streitlust des Riesen. Also hob er Mjolnir und bereitete sich darauf vor, den Riesen auf der Stelle zu erschlagen. Der Riese rief aus, dass Thor für immer als Feigling gebrandmarkt werden würde, wenn er keinen fairen Kampf zuließe. Hrungnir fügte hinzu, dass sie sich stattdessen duellieren sollten. Als edler Gott nahm Thor die Herausforderung an.

Zur vereinbarten Zeit und am vereinbarten Ort traf Hrungnir mit einem Steinschild ein und benutzte einen Wetzstein als Waffe. Innerhalb von Sekunden hörte Hrungnir den Donner und sah, wie Blitze über ihm einschlugen und Thor vor ihm niederbrüllte. Der Donnergott schleuderte seinen Hammer mit unnachgiebiger Kraft auf den Jotun, und im Gegenzug peitschte Hrungnir seinen Wetzstein auf Thor zu. Der Stein prallte gegen den Kopf Thors und zerbrach in viele kleine Stücke. Es heißt, dass die Reste des Wetzsteins zu den Feuersteinen wurden, die im Menschenreich Midgard verstreut sind. Mjolnir traf auch den Kopf des Riesen und verursachte einen gigantischen Schlag, der den Riesen zu Boden stürzte.

Ein winziges Stück des Wetzsteins des Riesen blieb im Kopf des Donnergottes stecken. Um seine Genesung zu beschleunigen, eilte Thor zu einer Zauberin namens Groa, die den Stein mit Zaubersprüchen beschwor, in der Hoffnung, dass er verschwinden würde. Während Groa den Stein entfernte, wurde Thor ermutigt, ihr wunderbare Geschichten von seinen Abenteuern zu erzählen, um ihn von dem Eingriff abzulenken. Das ging jedoch nach hinten los, denn Groa war so überglücklich und fasziniert, dass sie vergaß, ihre Zaubersprüche zu beenden. Und so bleibt der Stein in Thors Stirn, bis Ragnarok eintritt.

Der Tod von Baldur

Baldurs Tod gehört zu den bekanntesten Geschichten der nordischen Mythologie. Als der Gott des Lichts begann, von seinem Untergang zu träumen, reiste seine Mutter Frigg um die Welt, um von jedem Wesen (ob lebendig oder nicht) das Versprechen zu verlangen, ihrem geliebten Sohn kein Leid zuzufügen. Das Ergebnis war, dass Baldur unbesiegbar wurde. Die Götter amüsierten sich, indem sie Waffen und jeden Gegenstand in Reichweite warfen, aber alles prallte an ihm ab, als Erfüllung ihres Versprechens, dem Gott nichts anzutun.

Der Trickser-Gott Loki witterte eine Chance für Unfug. Er besuchte Frigg und fragte sie, ob sie etwas übersehen habe, als sie die göttlichen Versprechen einforderte. Es stellte sich heraus, dass die Göttin die harmlose Mistel für so unbedeutend hielt, dass sie es versäumte, um ein Pfand zu bitten. Da Loki dies wusste, formte er einen Speer aus Misteln und überredete Hodr, den blinden Gott, die Waffe nach Baldur zu werfen. Der Speer spießte den Gott brutal auf und tötete ihn auf der Stelle.

Die angeschlagenen Asgardianer befahlen dem Gott Hermod, eilig in die Unterwelt zu reisen, um die Göttin Hel zu bitten, den Gott des Lichts wiederzuerwecken. Als Hermod bei Hel ankam, entdeckte er Baldur, nun grimmig und bleich, auf dem Ehrensitz neben der Göttin der Unterwelt sitzend.

Hermod flehte die Göttin an, Baldur aus ihrer Umklammerung zu befreien, und nach vielen Ermutigungen stimmte die Göttin zu, Baldur unter einer Bedingung wiederzubeleben. Die Bedingung war, dass jedes Wesen auf der Welt nach Baldur schreien sollte, um die göttliche Behauptung zu beweisen, dass der Gott von allen geliebt wurde.

Frigg verstand die Forderungen der Göttin und reiste erneut um die Welt, um alles zu bitten, um den hellsten Gott zu weinen. In der Tat weinte alles um Baldur, bis auf eine Riesin namens Pokk, von der man annahm, dass sie Loki selbst in einer anderen Form sei. Und so sollte Baldur bis zum Tag des Ragnarök in Hel bleiben.

Loki Gebunden

Es ist nicht klar, warum Loki trotz seines jotunischen Blutes mit den Asen-Gottheiten in Asgard lebt. Tatsächlich hatte er den Göttern schon immer viel Ärger bereitet. Er verursachte eine Menge Unheil unter den Göttern und sogar unter den Menschen. Nach dem Schaden, den er im Zusammenhang mit dem Tod von Baldur anrichtete, beschloss Odin jedoch, dass er die Gunst der Götter missbraucht hatte und hatte keine andere Wahl, als ihn hart zu bestrafen.

Trotzdem entkam Loki aus Asgard und floh auf einen Berggipfel, wo er sich eine Behausung mit vier Türen baute. Die vier Türen ermöglichten es Loki, jeden, der aus den vier Himmelsrichtungen kam, auszukundschaften. Tagsüber verwandelte er sich in einen Lachs, der sich in einem nahe gelegenen Fluss versteckte. Nachts saß er an der Wärme des Feuers und träumte von Plänen, um die Götter abzulenken, falls sie ihn jemals finden sollten.

Trotz Lokis Bemühungen, sich Odin zu entziehen, gelang es dem Allvater schließlich, seinen Aufenthaltsort zu entdecken. Als Loki sah, dass sich die Asgard-Götter dem Berg näherten, zündete er zur Ablenkung ein Fischernetz an und verwandelte sich in einen Lachs zurück, um sich in den Tiefen des Flusses zu verstecken. Als Odin das brennende Netz sah, vermutete er, dass der schlaue Gott versuchte, sie abzulenken. Die Götter spannten sofort ihr eigenes Fischernetz und manövrierten sich zum Fluss, wobei sie vermuteten, dass Loki sich in einen Fisch verwandelt hatte, um sich zu verstecken.

Die Götter versuchten mehrmals, das Netz in den Fluss zu werfen, aber es gelang ihnen nicht, Loki in seiner schuppigen Lachsform zu fangen. Schließlich sprang Loki mit einem Satz aus dem Wasser in Richtung Ozean. Doch während er sich in der Luft befand, streckte Thor seinen Arm aus und fing den glitschigen Lachs auf. Loki krümmte sich im Griff des Donnergottes, aber der Kriegsgott hielt ihn am Schwanz fest. Man sagt, dies sei der Grund, warum der Lachs einen schlanken Schwanz hat.

Als er gefangen genommen wurde, war der schlaue Gott gezwungen, sich wieder in seine ursprüngliche Gestalt zu verwandeln. Odin brachte daraufhin die beiden Söhne Lokis mit und verwandelte das eine Kind in einen Wolf, der Lokis zweiten Sohn grausam verschlang. Anschließend banden die Götter Loki mit den Eingeweiden seines geschlachteten Sohnes in drei Steinen in einer Höhle. Die Eingeweide wurden später von Odin verzaubert und zu widerstandsfähigen Eisenketten verformt.

Der Riese Skadi wickelte eine Giftschlange um einen Felsen über Lokis Kopf, von wo aus sie Gift auf das Gesicht des Unheilstifters tropfte. Traurig über die harte Bestrafung, meldete sich Sigyn

(Lokis Frau) freiwillig, um an der Seite ihres Mannes zu bleiben und sich um ihn zu kümmern. Sie hielt eine Schale, um das Gift der Schlange aufzufangen. Doch als sich die Schale mit Gift füllte, musste Sigyn Loki verlassen, um das Gift aus der Höhle zu werfen.

Die Tropfen, die dabei auf Lokis Gesicht fielen, ließen ihn heftig zittern. Bei solch quälenden Schmerzen würde sein Zittern Erdbeben bis hinunter nach Midgard auslösen. Dies ist das Schicksal von Loki und Sigyn bis zur Ankunft von Ragnarök, wo Loki von den Ketten befreit wird und den Riesen hilft, Asgard zu zerstören.

Ragnarok

Die nordischen Götter und Göttinnen konnten zwar viel länger leben als die Menschen, aber sie sind nicht unsterblich. Aus der Geschichte von Baldurs Tod geht hervor, dass die Götter Aesir und Vanir sterben können.

Nach der nordischen Prophezeiung ist der Kosmos (und mit ihm die Götter und Göttinnen) dem Untergang geweiht. Die ersten dieser Prophezeiungen sollen sich bereits erfüllt haben (die Geburt von Fenrir, Jormungand und Hel, der Tod von Baldur und die Bestrafung von Loki). Die Götter wussten, dass sie sich ihrem Schicksal stellen mussten und dass ihre Zeit irgendwann zu Ende sein würde.

Dennoch verzweifeln sie nicht an diesem Schicksal. Vielmehr bereiten sie sich auf dieses tragische Schicksal vor. Odin baute Walhalla, wo er die stärksten, mutigsten und heldenhaftesten Krieger beherbergt, damit sie ihm während des Ragnaröks im Kampf beistehen können. Doch tief im Innern wusste Odin, dass er tatsächlich irgendwann besiegt werden würde.

Bei der Ankunft des Ragnarök würden Loki und sein Sohn Fenrir von ihren Ketten befreit werden und beginnen, die Neun Reiche zu zerstören. Diese Verwüstung würde die Yggdrasil zum Zittern bringen. Eine große Horde von Jotuns würde die Tore Asgards stürmen, angeführt von dem wiederkehrenden Loki. Heimdall wird beauftragt, sein Gjallarhorn zu blasen, um die Asgardianer vor einem Angriff zu warnen.

Die Dschotunen würden Asgard mit so viel Wut in ihrem Besitz sicherlich zerstören. Fenrir wird vorausgesagt, dass er sowohl Odin als auch Tyr töten wird. Nicht bevor viele Krieger in Ragnarök tapfer gekämpft haben und an ihrer Seite gestorben sind. Thor und sein Erzfeind Jormungand werden sich in einem blutigen Zweikampf gegenseitig töten. In der Zwischenzeit werden sich auch Loki und Heimdall gegenseitig erschlagen.

Nach dem Ende von Ragnarök wird der Kosmos beginnen, sich zu heilen. Das zerstörte Land wird wieder im Meer versinken. Die Reiche würden still und ruhig sein, bis der Zyklus des Lebens wieder beginnt. Am Ende würde Baldur wieder auferstehen, und ein neues Menschenpaar namens Lif und Lifthrasir würde geboren werden, um Midgard an der Seite der verbleibenden lebenden Götter neu zu bevölkern. Obwohl viele der Götter und Jotuns nicht mehr sind, so ist auch das Böse, das sie umgab, verschwunden.

ZUSAMMENFASSUNG

Bevor die Flut des Christentums den größten Teil der westlichen Welt beeinflusste, waren Magie und Traditionen reich im Leben der nordischen Völker. Diese großen Männer und Frauen der Überlieferung erzählen uns von glorreichen Schlachten, starken adligen Blutlinien und Ehre im Angesicht des Unglücks. Wir feiern die unglaublichen Geschichten von Loki und Frigga, dem mächtigen Thor und dem allmächtigen Odin. Jetzt haben uns die Annalen der Geschichte das große Geschenk gemacht, diese großartige Kultur zu studieren und zu verstehen.

Kleine und große Leser haben die Möglichkeit, diese faszinierende und ehrfurchtgebietende Sammlung religiöser Geschichten und reicher Traditionen zu erkunden, die zu einem so komplexen Glaubenssystem gehören. Entdecke selbst die Magie und die Geheimnisse in den Geschichten von Baldur, Heimdall und Idun. Entdecke die uralte Geschichte von der Befestigung Asgards, dem großen Reich der nordischen Götter, und die schaurige Geschichte hinter der Bindung von Fenrir.

Obwohl Tausende von Jahren vergangen sind, seit diese kulturellen Geschichten zum ersten Mal an den Schmieden und Feuern der nordischen Völker erzählt wurden, sind sie immer noch aktuell und inspirieren uns mit den großen Taten der Menschen und den unglaublichen Göttern, die über sie wachten. Finde deinen eigenen Reichtum an Inspiration in den Geschichten über die großen Götter und Göttinnen, die einst von den Wikingern verehrt wurden.